華那国後宮後始末帖

黒崎 蒼

富士見Ｌ文庫

目次

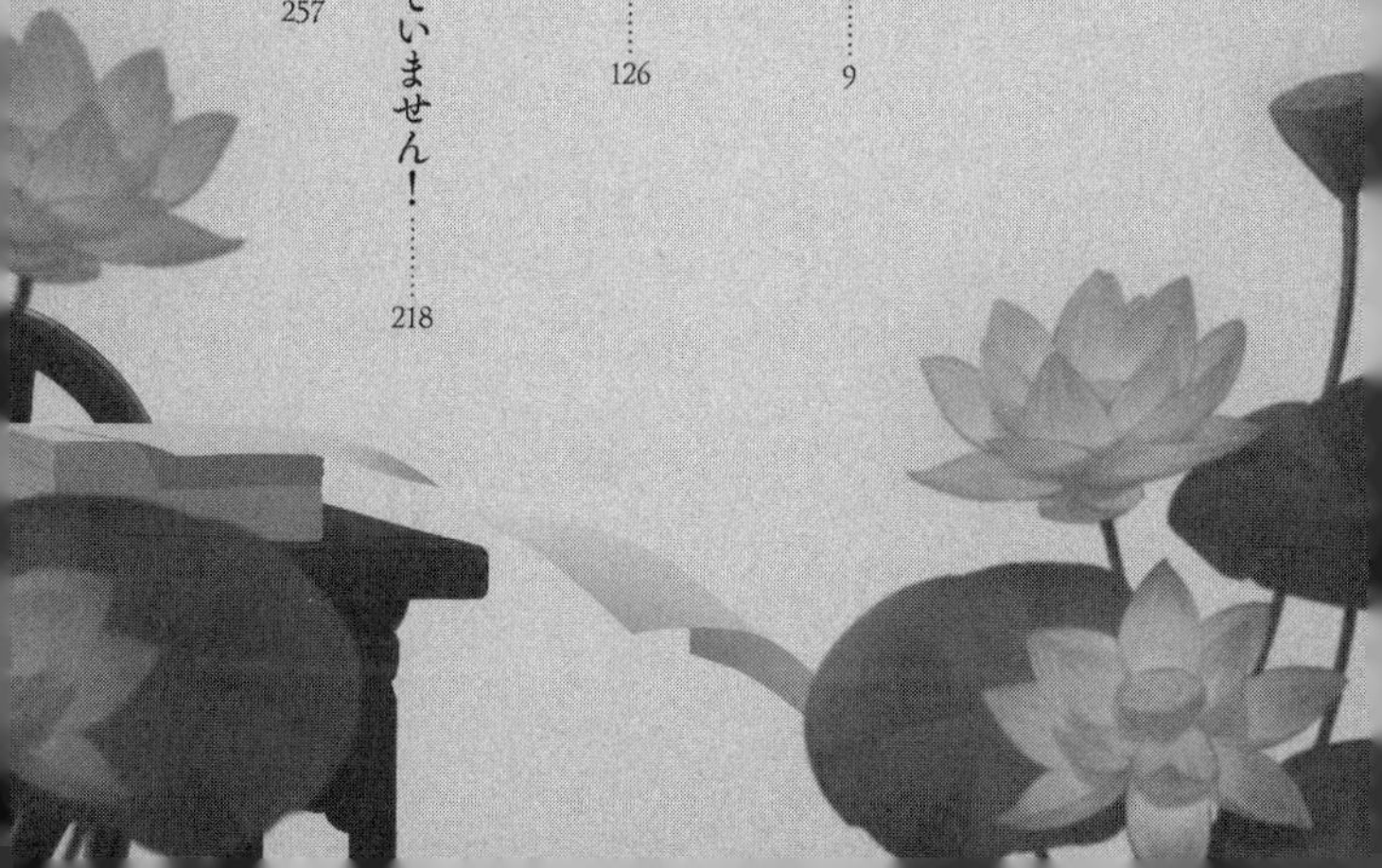

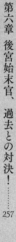

プロローグ

「故郷にはとても優しい上に頭もよくて、私のことをなによりも大切にしてくれる婚約者がいるの」

後宮でそんなことを言っても鼻で笑われるだけと分かっているが、ときどきふと口にしてしまうことがある。

「また翡翠《ひすい》の元婚約者の話が始まった。もう何回目？」

佳耀《かよう》はくすくすと笑う。鮮やかな朱色の襦裙《じゅくん》を着て金の簪《かんざし》をつけた女官姿の佳耀は、そこにいるだけで華やかな雰囲気がある。きっと後宮のことをなにも知らない人は、後宮に仕える人はみんなこんな華やかな格好をしている、と思っているだろう。一方の翡翠は地味なえんじ色の襦裙姿である。

佳耀とは元々同じ主に仕えていて、その縁で仲良くなった。事情があって翡翠は主から離れて下級宮女となったが、今でも親しくしてくれていた。

「元婚約者じゃないわ、今も婚約者よ。私には婚約破棄した覚えはないもの」

「後宮に来た時点で、結婚はできないって分かっているでしょう？　それどころか、私たちは一生ここから出ることはできないのよ」

「でも、特別に許されて出られることはあるって……」

「望み薄よ、そんなものに期待しない方がいいわ」

少々厳しさを含んだ口調で言うので、もう、分かってるわよ、と笑ってみせる。

本当は知っている、後宮は一度入ったら最後、死ぬまで出られないところなのだと。後宮の外に婚約者がいても、一生結婚できないのだと。けれど、そんな夢物語でも語らないことにはやっていられないことが後宮生活にはあるのだ。

そして、佳耀は厳しいことを言っているようで、決定的なことは口にしない。それは彼女の優しさだ。

（……もう十年だもの、きっと他の誰かと結婚して、子供もいるかもしれないわよね。私のことなんて忘れて、私を大切にしたように、他の誰かを大切に思って、幸せに暮らしているのだろうな。でも、ときどきは私のことを思い出してくれているかしら？　そうだと嬉《うれ》しいけれど）

突然後宮に連れて行かれてしまった婚約者をどんなふうに思っているだろうか。いつかそれを聞く機会があればいいと思うが、きっと一生ないだろう。

「……それに、後宮での暮らしも慣れればそう悪いものではないし」

「急にどうしたの、翡翠？　熱でもあるの？」

佳耀は翡翠の額に手を置いた。ひんやりとして気持ちがいい。

「いつもはもう後宮での暮らしなんてたくさん！　好きにご飯も食べられないし、着るものも選べないし、妃嬪《ひひん》が黒と言ったら、白いものも黒と言わないといけない。なにより後宮の外へ出られないなんて最悪！　ってこぼしているのに」

「そうそう。しかも私が仰せつかっている後宮守《こうきゅうもり》なんて、役に立っているかどうか分からない。自分なんて居ても居なくても同じでは？　だったら後宮から出してよ！　って思うことがあるわ」

「ええ、分かるわ……」

佳耀は達観したような、全てを諦めたような表情を浮かべた。妃嬪に仕え、身の回りの世話をするという、翡翠に比べたらずっと優雅な仕事をしている佳耀も、同じように感じたことがあるのだろうかと勘繰る。

「ま！　そういうことで、そろそろ見廻《みまわ》りの時間だわ。行ってくるわね」

「相変わらず切り替えが早いというか……まあ、前向きなのはよいことよね。行ってらっしゃい」

「はい、行ってきます！」

翡翠は食べかけの饅頭《マントウ》を口に押し込むと、呆《あき》れた表情の佳耀に見送られ、休憩のために立ち寄った厨房《ちゅうぼう》を出て、後宮の入り口である東翔門《とうしょうもん》へと駆けていった。

（そうなのよ、後宮にはもうやってられないってことが多いわよ。でも、佳耀のように優しくしてくれる人もいるし、たまにこうして余り物の饅頭にありつけることもあるし！前向きに……ね！）

自分はこのまま一生結婚することもなく……皇帝に見初められて妃嬪になるようなことはもちろんなく、後宮から出ることもなく、後宮守として一生を終えていくのだろう、と当然のように考えていた。

しかし、まさかそれからひと月も経《た》たないうちに、後宮というものの存在自体が危ぶまれることになるとは、翡翠も、この後宮にいる誰も、恐らくは皇帝ですら、思ってもいないことだった。

第一章　後宮守翡翠、後宮を死守できず。

翡翠《ひすい》は後宮守《こうきゅうもり》の槍《やり》を握りしめながら、呆然《ぼうぜん》と立ち尽くすことしかできなかった。

賊を後宮内へ立ち入らせてはいけないと、急ぎ外套《がいとう》を羽織って後宮の入り口である東《とう》翔門《しょうもん》まで駆け付けたが、翡翠ひとりの力ではどうにもならないことは明らかであった。

皇城のあちこちから火の手が上がっているのが見えた。誰かの悲鳴がこちらにまで聞こえてくる。建物が崩れるような音、馬のいななき、大砲の音が大きく響き、地面が揺れているように感じる。この世の終わりが来たのではないかという光景に、これが夢ならばいいのにと願うが、残念ながら現実だった。

突然、反乱軍が皇城へ攻め入ってきたと聞いたのは、今から一刻ほど前のことだ。それから、鼓膜が破れそうな轟音《ごうおん》が響き渡った。皇城を取り囲む高く分厚い壁が破られたのだ、と誰かが言い、後宮内は上を下への大騒ぎとなった。早く逃げなければ、でもどこへ？　下手に飛び出して行ったら戦いに巻き込まれて死んでしまう。

そんな中、翡翠は佳耀《かよう》や他の宮女たちが止めるのも聞かずに飛び出して来た。みんな、翡翠ひとりが行っても無駄だと言い、全くその通りだとすぐに後悔した。

（わっ、私は後宮守なのだから……後宮を守るのが仕事なのだから……）

強がって心の中で繰り返すが、手も足もがくがくと震え、今ならば童《わらわ》にも蹴り倒されてしまいそうだ。それでも翡翠はこの場から離れるつもりはなかった。

間もなくして、馬の群れがこちらへ向かって走って来るのが見えた。翡翠は門前に立ち、大きく腕を広げる。

「ここをどこだと思っているのです？　畏れ多くも、玄大《げんだい》皇帝の後宮……」

震える声で精一杯叫ぶが、翡翠のそんな声など反乱軍には届いていないようだ。騎乗したままこちらに突っ込んできた。危ない、と翡翠が避けた隙に馬から下りた男が、大きな槌《つち》を手にして瞬く間に固く閉ざされていた大門を破ってしまった。

そして見ると、その門の向こうに佳耀の姿があった。もしかして翡翠を心配して様子を見に来たのだろうか。このままでは佳耀が危ない。翡翠は咄嗟《とっさ》に後宮を背にして、再び大きく腕を広げた。

「ま、待ちなさい！　ここから先へ通すわけにはいきません！」

翡翠が叫ぶと、部隊長だと思しき、黒い鎧《よろい》を身に纏《まと》い、顔を覆う黒い兜《かぶと》を被《かぶ》っている者がこちらを見た。翡翠は震える手で槍を握りしめたままで、その者と視線を合わせる。

「……まさか、生きていたのか？」

「え？」

その者がくぐもった声で言う。どういう意味か分からない。聞き間違いかと思いながら記憶を辿《たど》るが、生きていたのか、なんて言われるような心当たりはない。誰かと間違えているのだろうか。

その者が腕を上げて指示すると、一団は後宮の中へと入っていってしまった。

「ちょっ……と！　待ちなさい！」

そう追いすがるように言い駆け出そうとしたところで、なにかに外套を引っ張られてそのまま転んでしまった。見ると、大きな黒い槍が外套を突き破って地面に刺さっていた。

慌てて槍を抜いて賊を追いかけようとして見ると、黒い鎧を纏った者が騎乗したままで剣を抜き、翡翠へと向かってくるところだった。

殺されてしまう、ああ、短い一生をこんなところで閉じるのか、と目を瞑《つむ》った瞬間。

「……翡翠！　危ない！」

門の向こうから佳耀が飛び出してきて、翡翠に覆い被さった。その勢いで翡翠も佳耀も地面へと叩《たた》きつけられる。

「佳耀！　危ないから佳耀は後宮の中へ……！」

そう叫んだところで、佳耀が腕から血を流しているのが見えた。翡翠を庇《かば》って、その剣を腕に受けてしまったのだろう。

「佳耀……！　佳耀！」

佳耀は固く目を瞑り、呼吸を荒くしていた。袖口がみるみる血で染まっていく。

「よ、よくも佳耀を……！」

翡翠は黒い鎧の者へと飛びかかっていった。

「ちっ！　邪魔だ！」

必死の抵抗も虚《むな》しく、翡翠は後宮へと入っていくその者が乗る馬に蹴られてしまった。

馬に蹴られて死ぬなんて……なんて間抜けな我が人生……。

それきり翡翠は気を失った。

＊

「え……後宮がなくなるってどういうこと？　じゃあ、私たちは一体どうなるの？」

寝床から半身を起こして、枕元に座る宮女の話を聞いた翡翠は、戸惑いの声を上げた。

後宮に反乱軍が攻め入って来て、五日後のこと。

翡翠は後宮守としてなんとしても賊を止めてみせる、と頑張ったものの馬に蹴られて気を失い、気づいたのはつい昨日のことだった。翡翠が寝ている間に、ずいぶんと状況は変わってしまったようだ。

「どうやら、後宮にいる者は全員死罪に処せ、という勅命が、新皇帝から下ったようなの」

「どうやら……って、そんな人ごとみたいに！」

興奮して立ち上がろうとしたところで頭がくらくらしたために、すぐにまた布団の上に座った。長く寝ていたせいなのか、まだ本調子ではない。

「人ごとのようなものだわ、分かっているでしょう？　この後宮では私たちの意思なんて関係なく物事が運ぶのよ」

同室の香澄《こうちょう》が、なにやら繕いものをしながら呟《つぶや》く。

もちろん分かっている。仕えている妃嬪《ひひん》の機嫌を損ねたら、殺されても文句を言えない身の上だ。その妃嬪も皇帝の寵愛《ちょうあい》をなくしたらたちまち後宮内での立場が失われ、役職付きで俸禄を与えられている女官やそれ以外の身分の低い宮女にすら軽く扱われるようになる。かといって後宮から出ることも許されず、生殺しのように寂しい生活を余儀なくされる。皇帝が死ねば、その妃嬪も仕える者も、今までの華やかな暮らしを捨て、寺に送られるのが普通なのだ。

「今は北方から攻めてきた反乱軍によって皇帝が殺されて、この国がどうなるかという瀬戸際なのよ。なにが起きても驚かないわ」

香澄は手を動かしながら暗く沈んだ声で語る。普段から大人しく気弱で、伏し目がちに話す癖がある香澄だが、普段以上に悲愴《ひそう》な表情で、もうなにもかもを諦めているという雰囲気があった。

「そ、それはそうだけれど！」

思い起こしてみれば、確かに少し前から噂《うわさ》はあったのだ。

北方のとある豪族が他の豪族たちと結託して軍を起こし、皇城がある灯都《とうと》へと攻め入ってくるらしい、と。だが、間もなく皇帝軍によって制圧されてしまうだろう、身の程知らずもいたものだ、というような、世間話のひとつとして聞いていた。

それが、五日前に突然灯都に反乱軍が大挙して現れ、大門を破ってやすやすと皇城へと攻め入り、あっという間に玄大皇帝は首を取られ、玄大王朝は滅んでしまった。

「これも運命なのよ、仕方がないことだわ」

香澄はゆっくりと首を横に振る。

(私が寝ている間にそんなことになっていたなんて)

俄《にわか》には受け入れ難い状況を頭の中で整理していると、はっと、とあることを思い出した。

「そうだ！　それより佳耀はどうなったの？　まさか……」

そうだった、皇帝よりも後宮がどうなるかよりも、佳耀のことが大切だった。

「佳耀なら怪我《けが》はしたけれど、命に別条はないと聞いているわ」

「そうなの……よかった」

翡翠はほうっと胸をなで下ろした。

「ただ、怪我のためなのか高熱を出して寝込んでいるそうよ。しばらく静養した方がいいみたい」

「情けないわ……私、後宮守のはずなのに、守るべきだった佳耀に怪我をさせてしまうなんて」

「仕方ないわよ。後宮守の役割は、後宮に出入りする人を監視することだもの。あんなふうに賊が押し入ってきたときに止められるなんて、誰も思っていないわ。それを私たちが止めるのも聞かずに翡翠が飛び出して行って……」

「だって、居ても立ってもいられなかったんだもの」

「翡翠のそういうところ、私は好きだけれど。でもほどほどにしておいた方がいいわ」

「ありがとう。それで……私たちが処刑されてしまうってどういうこと？　私が寝ている間になにがあったの？　詳しく聞かせて」

香澄は少々言葉選びに迷っているような仕草を見せてから、後宮の現状について話してくれた。

「後宮に侵入してきた反乱軍たちは、その時は大人しくしていれば危害は加えない、と宣言したのよ。後宮に居た皇子と皇女、そしてその母親は連れて行ったけれど、他の者にはなにもしなかった。だから怪我をしたのは数名よ。翡翠と佳耀と、それから逃げようと思って走ったところを躓《つまず》いて足をひねっただとか、慌てて扉に指を挟んでしまっただとか」

「そうなの……よかったわ」

翡翠はまずは安堵《あんど》のため息を漏らす。自分が止められなかった反乱軍のせいで、多くの人たちが傷ついていたらどうしようと、気が気ではなかった。

「でもね、連れて行かれた皇子と皇女、その母親はその日のうちに処刑されてしまったわ。皇后様も、ね」

「え……？　そんなまさか」

衝撃的な出来事に、唖然《あぜん》としてしまう。しかし、香澄はそんな嘘《うそ》をつくような人ではない。だから、それは紛れもない事実なのだろう。

「ええっと……その上、後宮人を全て死罪に……？」

戸惑いつつ言うと、香澄はあっさりと頷《うなず》く。

「ええ、そうよ」

「そんな……後宮の人たちはそれを受け入れているの？」

「仕方がないと受け入れている人もいるし、受け止めきれずに大騒ぎして周囲に当たり散らしている人もいるし、部屋に閉じこもって泣いている人もいるし、どうにかならないものかと親類縁者にはたらきかけている人もいるし、後宮から抜け出そうとして捕らえられてしまった人もいるわ」

香澄は怖いくらいに淡々と語る。もしかして香澄自身も突然の状況変化に付いていけず、ここ数日間に後宮内で起きたことを、自分とは関係のないことのようにしか捉えられていないのかもしれない。

「そんなっ、香澄はそれでいいの？　このまま大人しく処刑されるなんて！」

「私には……親もきょうだいもいないし、故郷に帰っても待っている人もいない。後宮に入れられたときから、なにを望んでも無駄だと多くのことは諦めているわ。ただ、この場所で生きていられればいい、とだけ。後宮と運命を共にするしかないわ」

そうして、香澄は弱々しく微笑《ほほえ》んで首を何度も横に振る。

そんな彼女を見て翡翠はなんともいえない悲しい気持ちになってきた。このままなにもできないまま、死んでいくしかないのだろうか。

「……皇帝が死んだら」

「え？」

「皇帝が死んで新たな皇帝が即位したら、特例として後宮に仕える者たちが解放されるかもしれない、と聞いていたのに……」

華那国《かなこく》の長い歴史の中で、今までに三度そのようなことがあったそうだ。そんな奇跡のようなことがあって、故郷に帰ることができたら、と翡翠は考えていた。玄大皇帝は五十代、しかも健康そのものだった。そんなことがもし起きたとしても二十年後か三十年後、四十年後ということもありうる。その頃には翡翠はおばあちゃんになっているかもね、と佳耀に笑われたが、そんな日が来るといいなと翡翠は思っていた。それは玄大皇帝の死を願っているようで、口にすることはできなかったけれど。

「それが、後宮に居る者は全て処刑するって……今までの歴史の中で、そんな暴挙が許されたことがあったのかしら」

翡翠は堪《たま》らない気持ちになっていた。ここまで自分の人生がままならないものだとは。

「私は歴史には詳しくないから分からないけれど……。このまま自分の運命を嘆きながら死んでいくしかないのだろうか。

香澄はそう言って、繕っていたものを翡翠に渡した。はい、できたわ」

それは翡翠の外套《がいとう》だった。東翔門前にて、反乱軍に槍《やり》で突かれたものだ。

「大穴が空いていてどうしようもなかったので、布をあてて刺繍《ししゅう》して誤魔化してみたの。どうかしら？」

「ええ！　とっても素敵だわ！　ありがとう」

そこには焦げ茶色の外套にとてもよく合う、白い百合《ゆり》の刺繍がほどこされていた。

香澄は後宮で尚服《しょうふく》局という衣服に携わる局に属しており、絹糸を紡いだり布に刺繍をほどこしたりという仕事をしていた。彼女は黙々と作業をするのが好きで、口よりも手を動かす方が得意だと自分でよく言っている。

「でも、こんな妃嬪が身につけるような見事な刺繍、私にはもったいないわ」

「妃嬪もなにも、もういなくなってしまうのよ。後宮がこんなことになって仕事もなくなって、気を紛らわせるために刺繍してみたの。気に入ったならよかったわ」

香澄はそう言ってからのんびりと立ち上がった。

「外に水を汲《く》みに行ってくるわね。それから、厨房《ちゅうぼう》に寄ってなにか食べられそうなものがあったら持ってくるわ」

「ええ……ありがとう」

翡翠が言うと、香澄は頷いて、部屋から出て行ってしまった。

ひとり残された部屋で、翡翠は虚空を見つめつつ、じっと考えていた。

皇帝は処刑されてしまうだろうとは思っていた。しかし皇后や妃嬪、その子供たちはどこかへ軟禁されてしまうかもしれないとは考えたものの、まさか命を取られるとは思ってもいなかった。

（その上、後宮人たちの命まで奪うなんて、そんな……）

翡翠は手で顔を覆い、しばらくそのまま身動きすることができなかった。

夜になり、少々気持ちを整えた翡翠はひっそりと文を書いていた。

開け放った窓からは少し湿り気を含んだ夜風が吹き込んでくる。今までと同じ穏やかな夜なのに、皇帝も皇后ももうおらず、もうすぐ自分たちの命が奪われるとは信じられない。

香澄は別室の宮女に誘われて今夜は飲み明かすから戻らないと言っていた。後宮内にある酒蔵が開放され、あちこちで寂しい宴《うたげ》が開かれているらしい。

故郷の家族に文をしたためようとしていたが、どう書いていいか分からなかった。事情があり、もう何年も文を書いていないから余計に迷う。

恐らくこの文が届く頃には自分はこの世にいないだろう。今までどのように後宮で過ごして来たのかを書けばいいのだろうか？　幸せに暮らしていたと？　家族をせめて安心させるためであっても、そんな嘘を書くことはできないと、不自由な暮らしを強いられてきた我が身を思って惨めな気持ちになった。

「はあ〜〜、なにを書いていいのか分からん！」

捨て鉢になって言い、几《つくえ》に突っ伏したとき、ふと、部屋の扉を叩《たた》く音がした。香澄が戻って来たのかと扉を開けると、そこには予想外の人物が立っていた。

「あれ？　馬に蹴られて頭を打って、余命幾ばくもないっていうから見舞いに来たのに、元気そうじゃないか。おかしいな？」

そう言いつつ、その者は部屋の中へとずかずかと入って来た。灰色の丈の長い上着である袍子《ほうし》に暗紺色の短い上っ張りを着て、黒地の下衣を穿《は》いている。宦官《かんがん》の稜諒《りょうりょう》だった。

「なにしに来たのよ？」

彼がこんな態度なので、つい翡翠もそっけなく応対してしまう。いつものことだ。

「いやいや、厨房で包子《ぱおず》が余っていたからお供え物にしようと持ってきたんだよ」

見ると、稜諒の手には包子が入っているらしき包みがあった。お供え物というのが気になるが、いちいち突っ掛かっていては日が暮れる。

「ありがとう、いただくわ」

稜諒の手から包子の包みを受け取った。

反乱軍が皇帝を処刑してから、食料庫も全て開放していると聞いた。今まで厳しく帳面につけて管理されていた食料の在庫についてとやかく言う者はもういない。反乱軍という名の簒奪《さんだつ》者に奪われる前に、自分たちで飲み食いしてしまおうということらしい。

翡翠は窓の近くにある椅子に腰掛け、包みを開いて包子を口に運んだ。

白いふわふわの生地の中に、甘く煮付けた肉と野菜が入っている。今までは滅多にありつくことができなかったものだ。

後宮守という仕事をしている翡翠は、後宮の中では下級宮女とされ、質素な生活をしていた。宮女の中でも役職付きの者は特に女官と呼ばれ、妃嬪《ひひん》たちが住まう煌《きら》びやかな殿舎に部屋を与えられていたが、翡翠はそうではない。下働きの者が暮らす屋舎のひび割れた灰色の壁に囲まれた、いつ崩れてもおかしくないような粗末な部屋で暮らしている。その時の食料事情によっては、食事にありつけないということもあるような有様《ありさま》だった。後宮に住まう者は誰でも着るものにも食べるものにも困らない、優雅な生活をしていると思われがちだったが、必ずしもそうとは限らない。妃嬪たちには、内庫《ないこ》という宮中の資材課から服も食事も支給されたし、女官となると禄《ろく》があったが、下級宮女はそうもいかないのだ。

「なにをしていたんだ？」

稜諒は今まで翡翠が座っていた几の前にある椅子に腰掛けた。

「家族に文でも書こうと思って」

「あれ？　毒の影響で手が動かなくなって、字が書けなくなったのでは？」

「ああ、ええ……。そういうことにしておいたんだったわね。実は書けるのよ」

翡翠は、美しい文字が書けることを買われて後宮まで連れて来られてしまった。そして、皇帝への文を代筆するようにと妃嬪たちから申しつけられた。美しい文字で少しでも皇帝の気を惹《ひ》こう、ということだ。初めは特定の妃嬪に仕えていたが、噂《うわさ》を聞きつけたのか他の妃嬪にも頼まれるようになり、妃嬪たちの間で翡翠を取り合うちょっとした争いが起きてしまった。挙げ句、誰にひがまれたのか、あるいは、翡翠を他の妃嬪に奪われるくらいならばいっそ、と思った妃嬪の仕業なのか、翡翠は毒を盛られて危うく死にかけた。

そんなことがあり身の危険を感じた翡翠は、毒の影響で手が上手《うま》く動かなくなり、字を書けなくなったということにしたのだった。

（でも、そんなこともう隠している意味がないし）

今まで、何度か佳耀に代筆を頼んで家族に文を書いたことがあったが、最後の文くらい自分の手で書きたいと考えていた。

「ふーん、そうなんだ」

墓場まで持っていくかもしれなかった、とっておきの秘密を明かしたのに、稜諒は平然としている。私の好物は実は鯰《なまず》の唐揚げなのよ、と言っても同じ反応をするだろうな、という様子だ。そもそも彼はこういう人なので、予想通りと言えば予想通りなのだが。

「まあ、それが得策だったね。あの妃嬪たちの嫉妬の嵐に巻き込まれるのは、本当に災難としか思えないことだから」

「そうなのよね」

皇帝を巡る、妃嬪たちの争いは本当に凄《すさ》まじいもので、人間とはなんと醜く愚かなものなのかと人間不信になりそうだった。しかし一方では分かるのだ、妃嬪は皇帝の寵愛《ちょうあい》をなくしたらあっという間に凋落《ちょうらく》の一途を辿《たど》る。

「そうか、家族に文を書いているということは、翡翠は大人しく受け入れることにしたのか。突然現れた、誰とも分からない皇帝によって殺されることを」

稜諒は物憂げな表情で言う。

「いえいえ、大人しく受け入れたくなんてないわよ！　だいたい、後宮をなくすっていうのも意味が分からないわ。皇帝の全てを奪おうと企《たくら》んで、皇城まで攻め入ってきたんじゃないの？　後宮もその手中に収めればいいじゃない！」

「そうだなあ。前皇帝の後宮を奪ってそこに居る妃嬪たちを奪うことが、男の浪漫《ろまん》じゃないのかなあと思うけどな。まあ、俺はもう男じゃないからよく分からんけど」

稜諒はやけに気楽に言う。宦官にとって、男性でなくなってしまったことは屈辱的ではないのかなと思うが、稜諒にはそんな様子はまったくない。まあ、なくなっちゃったものは仕方ないよねー、と平気で言う。強がっているわけではなく、本当にそう思っているようだった。

宦官は、去勢された男性がなるものだが、そのほとんどは宮刑によるものである。本人か、あるいは家族が罪を犯し、刑に処される。中には自ら望んで、あるいは親に強要されて、宦官になり皇帝の側《そば》近くに仕えようという者もいるが、この時代ではそんな者は僅かである。男性ではなくなったことを気に病んでいる者も多い。

「そうなのよね。皇帝とその子供を処刑するのは、酷《ひど》い行為だとは思うけれど理解はできるわ。皇帝の子供の母である妃嬪を処刑したことも、やりすぎだとは思うけれどまあまあ理解はできるわ。でも、後宮人を全員処刑するというのはまったく理解できないわ。一体、なにを考えているのかしら？」

「前皇帝の後宮をきれいさっぱりなくして、自分だけの新しい後宮を作るつもりなのかな？　自分好みの女性を全国各地から集めて。酒池肉林の理想郷を作るつもりなのかも」

「うわっ、新しい皇帝ってそんな男なの？　最低！」

翡翠は食べかけの包子を口に放り入れてから、拳を握って上下に振ってみせる。もしこの場にその新皇帝がいたら、一発くらい殴ってやりたい気持ちである。

「知らんけど。ほら、英雄色を好むって言うじゃないか」

稜諒はいつもの飄々《ひょうひょう》とした表情で言う。自分が無理やりに宦官にされたときと同じように、皇帝のやることならば文句は言えない、仕方がないという気持ちなのだろうか。

「考えてみたら、なんだか腹が立ってきたわ！　なんで私たちが殺されないといけないのかしら？　別に望んで後宮に来て、好きで仕えていたわけじゃないのに。稜諒だってそうでしょう？」

「まあ……宦官たちの中にも、なにも殺すことないじゃないかって憤っている者もいるよ」

「当然よ！　私たち別に、玄大皇帝なんて好きじゃなかったのに、玄大皇帝の後宮に居たからという理由だけで殺されるなんて」

「そう、その通りよ！　なんで私たちが殺されないといけないの？」

突如として扉が乱暴に開かれ、香澄が飛び込んで来た。彼女だけではない、宮女が五人、いや、六人、なだれ込むように部屋に入ってきた。みんな酒臭く、白い陶器の酒瓶《さかがめ》と海産物の燻製《くんせい》を手にしているのが気になるが、その言葉はしっかりとしたものだった。

「そうよ、あんな皇帝、ちっとも好きじゃなかった。あんな禿《は》げて太って口が臭くて足も臭い皇帝の寵愛を争うなんて、妃嬪たちは可哀想《かわいそう》だと思っていたくらいなのに！」

「そうよ、一度だけ声を掛けられたことがあるけれど、げぇって感じだったわよ。『げふげふげふげふ、お主、よい髪質をしているな』なんて言われて！　おぇー」

「あんな男の相手をして喜んでいるなんて、妃嬪はみんなどうかしているわよと思っていたくらいなのに」

前言撤回である。

皆、しこたま飲んでかなり酔いが回っているらしい。香澄も、いつも物静かな女性、という雰囲気なのに、すっかり興奮している。

「そんな奴のために死ぬなんて冗談じゃないのよ！」

「そうよ。禿げて太っているのはまあ仕方がないにしても、あいつのやりようって本当に酷くなかった？　気に食わない宮女がいるとすぐに器を投げつけたり棒で殴ったりして。中には一生残る傷を負わされた人もいたわ」

「その、気に食わないの理由も酷かったわよね。今日はいつもよりも顔がむくんでいる、儂《わし》の御前に出てくるのにその顔は何事だって。人間なんだから、顔がむくむ朝も、疲れて顔を洗う気力さえない日もあるっていうの！」

「皇后様も酷かったわよ。気に入らない女官の額に『狗《いぬ》』って入れ墨させて。狗なんだから人の言葉を話すな、四つん這《ば》いで歩け、狗のように吠《ほ》えろって強要して……。可哀想に、半年も経《た》たないうちに病気になって、そのまま亡くなってしまったわ」

「それを言うならば、皇后様付きの宦官も酷い目に……」

今まで溜《た》まっていた皇帝や皇后たちへの不満をぶちまける宮女たち。ふたりが生きている頃だったら、そんなことを口にしたが最後、死ぬまで牢《ろう》に繋《つな》がれてもおかしくない罪だった。後宮のあちこちで宴《うたげ》……というと少し語弊がある、酒を飲む場がもうけられているらしいが、みんなこんなふうなのだろうか。

「悲しいねぇ」

宮女たちの話を聞いていた稜諒が、物憂げにため息を漏らす。

「嫌な主に仕えて耐えていたのに、そんな主のために死なないとならないとは。それが宮仕えの宿命とはいえ、やりきれないよねぇ」

そして翡翠へと視線を移す。翡翠ももちろん同じ気持ちだったので、大きく頷《うなず》いた。

「そうよ！　このまま大人しく処刑されるなんて冗談じゃないわよ！　私たち、なんの罪も犯していないのに！」

翡翠が力を込めて言うと、みんなはうんうんと頷いた。

「私……、抗議してくる！」

「え？」

一転、皆の驚いたような視線が、一斉に翡翠へと集まった。

「新しい皇帝のところへ行って、抗議してくる！　後宮人たちを残らず処刑するなんてどういうつもり？　って問いただしてくる。私たちを殺してもなにもならないって！」

「いやいや、それはやめた方がいいんじゃないかな？　後宮人皆殺しーなんて言っている人だよ、新しい皇帝は。宮女が抗議をしたところで蚊が鳴いているくらいにしか思わない。蚊を潰すような気持ちで、剣を振り下ろされたらどうするのさ？」

稜諒はそう言うが、翡翠はもう決めたのだ。

無謀なことは分かっている。

だが、このまま大人しく処刑のときを待っているだけでは、自分の人生はなんだったのだろうか、と死の間際に後悔することになるだろう。どうせ殺されるならば文句のひとつくらい言いたい。

「うん……、そうね、やめた方がいいわよ」

稜諒の意見に同意するように、香澄をはじめ他の宮女たちは、先ほどの勢いはどこへ行ったのか、声を潜めた。

「きっと怖い人よ、新しい皇帝って。皇帝一族をあっという間に処刑したし……」

「刃向かったら、どんな酷い方法で処刑されるか分からないわ」

「そうよ。抗議するにしても、翡翠がそんなことをする必要はないわ」

皆、口々に言って止めるが、もう翡翠は心を決めたのだ。

そして朝が明けるのをじりじりと待ち、翡翠はひとり、新たな皇帝が居るという青鷺《せいろ》宮《きゅう》へと向かった。

几《つくえ》に向かい書をしたためていた旺柳《おうりゅう》は、陰鬱な気持ちでため息を吐き出した。

絹の白い衣に黒に銀糸で飾りがついた帯を身につけ、袖に金糸で刺繡《ししゅう》された草花の縁取りがついた蒼色《あおいろ》の上着を羽織っていた。堅苦しい皇帝服にもまだ慣れない。

皇帝の座を手に入れてからかれこれ九日が経つが、九年とも感じられるような濃厚な日々だった。

皇城を征服することは予定通り速やかに達せられた。戦いを長引かせればそれだけ犠牲も大きくなる。皇城内にこちらに味方する者がいたので、皇城の構造も、兵の配置も事前に把握できていた。

そして旧皇帝である玄大と皇后を速やかに処刑し、その子と子の母親も処刑した。更に皇帝の一族、皇后の一族も全て粛清した。

旺柳としては、本音を言えば、なにもそこまでとは思うのだが、旧皇帝を倒し、自らが皇帝になるということはそういうことだ、と言われればそのようなものだと納得せざるを得ない。この華那国の歴史を紐解《ひもと》けば、そうした大きな粛清を行い、皇帝としての力を示さなければ、たやすく別の勢力が台頭してその座を脅かす。そうなれば国を治めるどころではない。大義のためには犠牲も必要なのだと言われ、不本意ながらも受け入れた。

(後宮の者たちを処刑することも、致し方がないことか……)

そこまで大胆なことをしてこそ、新皇帝の権威を示せるというものだ。

そう言ったのは自分の師であり、今は宰相となった秀亥《しゅうい》だった。反論できる言葉はなかった。

前皇帝である玄大は民に重税を課し、その金で後宮に美女を集め、女を数々の装飾品で着飾らせて、朝から晩まで共に酒を飲み山海の幸を食らい、この世のものとは思えないような贅沢《ぜいたく》をさせていた。

民の怒りは、玄大皇帝と彼の後宮に向かっていた。

それを討ち滅ぼし、新たな国——民の幸せと繁栄を実現する国を造っていこうとする新皇帝となった旺柳にとって、後宮廃止は重要不可欠なことである。

「旺柳様、少しよいだろうか」

いつの間にか部屋に秀亥が入って来ていた。

彼は旺柳が座る椅子の横に立ち、旺柳に向かって頭《こうべ》を垂れた。師である彼が自分に敬意を示すなど、未《いま》だに慣れない。秀亥は年の頃は三十代半ばほど。旺柳が皇帝となるべき器である、ここまで支えてくれた人物である。

「ああ、なにかあったのか？」

旺柳が応じると、秀亥はひとつ頷いた。

「実は、旺柳様にどうしても伝えたいことがあるという者が。忙しいのだと何度も断ったのだが」

「確かに多忙ではあるが、話を聞くくらいの時間はある」

「では、入るがよい」

秀亥が言うと、警備兵の格好をした者が部屋に入ってきた。見た覚えがある顔だ、恐らくは反乱軍として旺柳と共に皇城まで攻め入ってきた者だ。

「お忙しいところ、失礼いたします！」

「よい。それよりも用事とはなんだ？　すまないが簡潔に頼む」

旺柳が言うと、警備兵は意気込んで語り出した。

「はい、後宮の宮女が青鷺宮の門の前にもう三日も座り込みを続けておりまして。皇帝に会えるまでここを梃子《てこ》でも動かない、と」

「そんな者、すぐに斬って捨てればよい。そうすれば、後宮内にこれ以上口ごたえする者はいなくなるだろう」

秀亥がそんなこと聞くまでもないだろうというふうに言う。

「待て。できれば乱暴なことはしたくない。それにしても後宮の者……とは」

「おおよそ予想はつく。後宮人たちは近々処刑するとの勅命は既に出してあるから、命乞いに来たのだろう。もう決まったことだ、覆すことはない」

「だが、処刑する前に言い分くらい聞いてもいいかもしれない」

すると秀亥は警備兵には聞こえないように、と、旺柳の耳元で囁《ささや》く。

「そんな甘いことではとても皇帝として務まらない。下手に話を聞いて、情けをかけたくなったらどうするのだ？　お前は昔からそういうところがあるから心配だ。耳を貸す必要はない」

確かに秀亥の言う通りではある。そして、彼が旺柳のことを思いやってそう言ってくれる気持ちも分かる。

だが、やはり旺柳には迷いがあったのだ。後宮は解体するにしても、そこに居る者たちは解放してもいいのではないか。生かして遺恨が残り、その遺恨が後々自分の首を絞めることになる、と言われれば、確かにそのようなこともあるかとは思うのだが。

「新皇帝様はお忙しく、お前に会っているような暇はないのだ、と何度も断ったのですが、聞き入れず。それで、会えないのならばせめてこの文を皇帝に、と」

「文を？」

「はい、翡翠という名の宮女なのですが」

「ひ、翡翠……？」

その名前を聞いただけで、雷に打たれたような衝撃に身が震える。

翡翠とは、無理やりに後宮に連れて行かれて、命を落とした旺柳の婚約者の名前だ。別れてから今まで、思い出さなかった日はない。

（まさか翡翠が生きて……いやいや、違う。ただ名が同じというだけではないか。単なる偶然だ。翡翠はもうこの世にいないのだから）

しかし、その同名の翡翠が自分に向けて文を寄越したということは、なにかの暗示のような気がしてしまう。亡くなった翡翠からの自分への伝言のような……。

「くだらぬ、そんな文など読む必要はない」

秀亥が警備兵からその文をひったくろうとするが、それより前に旺柳が素早く動き、警備兵から文を奪う。

動揺するあまり自分の手の動きさえもどかしく、文へと目を落とす。婚約者と同名というだけでこれだけ動揺する自分をおかしく思うが、それだけ、旺柳にとって翡翠とはかけがえのない存在であり、生涯にひとりと心に刻んでいる女性だった。

そして『新しく皇帝として立った方へ』との一文を見ただけで、鼓動が速くなり、胸が苦しくなった。

「そんなまさか……これは……間違いない。翡翠の筆跡だ……」

文を持つ手が震える。字を目で追うだけで、その内容など微塵《みじん》も頭に入って来なかった。

私は翡翠よ、ここに居るのよ。

そう訴えられているような気がした。そして、自分はそれを見つけたのだ、と。ようやく見つけたのだ、と。

「そんなはずはない。翡翠は後宮に行って間もなく死んだと、翡翠の家族が言っていたではないか」

秀亥は否定するが、旺柳の興奮は治まらない。

「翡翠はお主に書を習っていた。弟子の筆跡を間違えるはずがないな」

旺柳は翡翠からの文を秀亥へと突きつけた。秀亥は不承不承それを受け取り目を落とす。

「確かに似ている……が、私には違うように思える。翡翠、という名を聞いて、これがあの翡翠のものだと思いたいだけではないか？」

「もしかして、翡翠から手ほどきを受けた者が、翡翠、と名乗っているのかもしれない」

「いや、そんな馬鹿な」

「どちらにしてもその宮女に会って来る！　翡翠のことをなにか知っているかもしれない」

そんな迷いなど捨てろと秀亥に言われていたが、翡翠が後宮でどのように暮らしていたか知っている者がいたら話を聞きたいと、かねて思っていた。旺柳は秀亥が止めるのも聞かず、自分が皇帝という立場になったことすら忘れて、部屋から飛び出して行った。

＊

（……あの警備兵、本当に皇帝に文を渡してくれたのかしら？　途中で破って捨てておいて、渡したと嘘《うそ》をつく可能性もあるわよね……って、いやいや、そんなふうに人を疑うのはよくないわ。いやでも、今頃文を燃やした焚《た》き火で芋でも焼いて食べているかも。ああ、お芋が食べたい……焼き芋ふかし芋、ぱりっと揚げて餡を絡めた芋も大好物……）

ぎゅるるとお腹《なか》が鳴り、翡翠は自分のぺたんこの腹に手を当てた。

翡翠は青鷺宮の門前のど真ん中に座り込んだまま、大きな門扉を見上げた。

ここで座り込みをしてから、三日が経《た》つ。

皇帝に会わせてくれるまで帰りません、と冷たい石畳に座って三日、身体《からだ》は強《こわ》ばり、足が鬱血してぱんぱんになり、腹が背とくっつきそうな空腹だった。そんな門前に座り込んだまま動かない翡翠を見かねたのか、若い警備兵がやって来て、可哀想《かわいそう》だが皇帝はお前には会わない、名のある貴族ですらまだお会いできていない状態なのだ、諦めろと話しかけてきた。可哀想だと思うのならば、せめてこの文を皇帝に渡して欲しいと頼み込んで、それになんとか応じてもらった。

(さすがに、そろそろ限界かしら……。いえいえ！　そんな弱気なことでは駄目よ。なんとしても、皇帝に会って文句のひとつでも言ってやらないと！)

そのとき、青鷺宮の中から誰かが出て来た。

あの警備兵が戻って来たのかと思ったが、そうではなかった。

なにかとても急いでいるようだった。大きな門扉の隣にある通用口を勢いよく開けて出てくると、せわしなく周囲を見つめた。そして、翡翠の姿を見つけてなのか、雷にでも打たれたような表情となり、こちらに駆け寄ってきて、少し離れたところで足を止めた。

「翡翠……本当に翡翠なのか？」

(え？　誰……？)

すぐには分からなかった。

それは翡翠の記憶よりも彼が成長して、背が自分よりもずっと高くなっていて、肩幅も広くなっていて、顔つきも少年のそれから精悍《せいかん》な青年のものになっていたからだ。

だが、全てのものを包み込んでくれるような、優しい瞳は変わらない。

「え？　もしかして旺柳なの？　いえいえ、まさか……」

「やっぱり翡翠だ！」

そして旺柳は一気に距離を詰めてきて、翡翠にぎゅっと抱きついた。

「わ、わー……」

　座った体勢だった翡翠はそのまま押し倒される形になってしまった。背中に衝撃が走り、痛みが襲ってきたが、それどころではない。

「信じられない、やっぱり翡翠だ！　間違いない。ああっ、こんな奇跡が起きるなんて。寂しくて眠れなかった夜も、絶望のあまり冷たい川に身を投げたくなった朝も、今まで生きてきてよかった！」

「いやいや、重い重い、旺柳！　奇跡なんて、大袈裟《おおげさ》ねぇ」

「いや、奇跡だ。てっきり翡翠は後宮で死んだものとばかり……」

「え？　死んだ？　この通り、生きているけれど」

「うん！　間違いない！　翡翠は生きている！」

　その歓喜に満ちた声に、こちらもじわじわと嬉《うれ》しさが広がっていく。故郷で別れた婚約者、旺柳に再び会えるとは思ってもいなかった。

「でも、このままだと旺柳の重さで圧死しそう」

「わー、ごめん！」

　そう謝ると、旺柳は翡翠を抱き起こした。

　至近距離に旺柳の顔があって、翡翠は思わず目を逸《そ》らしてしまった。胸が高鳴る。予想はしていた、旺柳は成長したらきっと道を歩けば誰もが振り返り、なにか言葉を発すれば誰もがその手を止めて耳を傾けるような麗しい青年になるだろう、と。しかしこんな予想通りになっているとは、急な再会に焦ってしまう。

「ええっと、ちょっと離れてくれる？」

翡翠は自分の動揺を悟られたくなくて、そっけなくそう言ってしまった。こちとら、後宮住まいが長くて男性に免疫がない状態なのだ。こんな美丈夫に至近距離で迫られたら、緊張のあまり鼻血でも噴きそうだ。

「あっ、そうだよね？　もう昔とは違うものね。ごめんね、嬉しさのあまり急に抱きついたりして。翡翠もずいぶんと成長して美しくなったし、もう大人の女性なのだから、きちんとした距離感で接しないといけないよね」

（あらやだ。そんな本当のこと……！）

後宮に住まうようになって、周りは女性か宦官《かんがん》ばかりで、お世辞であってもこんなことを言われることはなく、幼い娘のようにはしゃいだ気持ちになってしまった。

「ん？　どうしたの？　顔が赤いけれど……？」

「なんでもないわ、疲れているのかしらね。それより旺柳、どうしてこんなところに？まさか、新皇帝の関係者で、もしかして反乱軍の一員なの？」

そう聞いた途端、旺柳の顔が強ばったような気がした。

たぶん、その通りなのだろう。それ以外に、旺柳がここに居る理由は思いつかない。旺柳はとびきり頭がよかったから、それを買われて反乱軍に参加させられたのだろう。

「あ、ああ……うん」

「そうなのね。だったら旺柳には悪いかもしれないけれど、私は傍若無人で極悪非道で人でなしの新皇帝に抗議しに来たの。玄大皇帝の一族を処刑しただけでは飽き足らず、後宮人たちを残らず処刑するだなんて、信じられないわ。後宮に何人が住んでいるか知っている？　千人以上よ。そんな多くの人を殺《あや》めようだなんて。ああ、言っているだけで気分が悪くなってきたわ！」

千人、でも少なくなった方なのだ。以前はもっと多くの人が後宮に居たが、玄大皇帝が気に入らない者はすぐに処刑してしまったので、この人数になっている。

「ははは……あははは……そうだね」

「笑い事ではないのよ。このままでは私たちは殺されてしまうわ。そんなことさせない！　私たちだって好きで玄大皇帝に仕えていたわけじゃないのに。旺柳は新しい皇帝のことをよく知っているの？　直接話したことはある？　反乱軍でどんな役割をしているの？」

「え、ええっと……」

旺柳はなぜか動揺しているようだった。

「こ、皇帝の近くで……側近として働いているんだ……」

旺柳が瞳を逸らしがちに言う。

その様子から、きっとなにかの都合、家族に命じられただとか、親族からの要請があっただとかで、仕方なく反乱軍に参加したのだろうと翡翠は察した。そうでなくては、鳥と花と空を愛するあの優しい人が、こんな横暴を働く皇帝の元に居るとは考えにくい。

「皇帝ってどんな人なの？　きっととびきり嫌な奴だと思うけれど。だって、皇帝の座を奪ってその翌日には前皇帝一族を処刑するなんて、血も涙もないわ」

「あ……ああ……そうだね。でも、そんな悪い人では……ないよ」

「旺柳は優しいからそんなふうに思うのよ。大丈夫？　酷《ひど》い皇帝に騙《だま》されているんじゃない？　なにか辛《つら》い目に遭っていない？」

「うぅう……大丈夫……だよ？」

「だったらいいけれど！　ねぇ、一緒に考えてくれないかしら？　どうやったら後宮の人たちが助かるのか。みんな皇帝が変わったのだから仕方がないと言うけれど、私は諦めきれないのよ。このまま大人しく殺されるなんて、もう二度と故郷にも帰れないなんて。後宮に入れられてから、覚悟していたことではあるけれど。それでも、ねぇ……」

翡翠は瞳を細めた。

できれば故郷に帰りたい、親しい人に会いたいとは、後宮に居る誰もが思うことだろう。

「ええっと……皇帝には俺が話をつけるよ」

「え？　本当に？」

翡翠はぱっと笑顔になって旺柳の手を取り、両手で包むようにぎゅっと握った。

「助かるわ！　名もない宮女である私が頼んでも、きっと聞く耳をもってくれないわ。でも、側近の旺柳が進言してくれたら、皇帝は気を変えてくれるかもしれない。お願いよ！」

「分かったよ。俺ができることはしてみる。それより、ずっと座り込みをしていたと聞いたよ。ご飯を食べてないんじゃないの？　もしかしてしばらく寝てもいないの？　とても疲れた顔をしているよ？」

「大丈夫よ。これから後宮に起こるだろうことを思えば、このくらいなんでもない。きっと……酷いことになる。私はそれを止めたいのよ。そのためだったらなんだってするわ」

自分は後宮守をしていて、それなのに後宮の人たちを守れなかったという事情も旺柳に話した。どうにもならなかったこととはいえ、あのとき賊を止められずに後宮への侵入を許し、皇后たちが処刑されたことを翡翠は気にしていた。自分が守るべきだった佳耀が傷を負ったことも。もう誰にもそんな悲しい目に遭って欲しくない。

「……皇帝にも、そのことを話してみるよ。だから今は翡翠は後宮に戻って。よく食べて、よく寝て、身体を整えてからまた会おう。それまでになんとかしておくから」

「旺柳がそう言ってくれると、本当になんとかなるような気がするわ！」

「うん、任せておいて」

旺柳は力強く頷《うなず》いた。彼に任せておけばまず間違いない。

「でも安心した。成長しても、旺柳は元のまま、優しくて頼りになって、虫も殺せないような慈愛に満ちた人で」

翡翠はとびきりの笑顔を旺柳へと向けた。

心の底からそう思っていた。瞳を見れば分かる。旺柳は少年時代のまま、まっすぐに成長してきて、今、翡翠の前に立っているのだ。

だが、それを聞いた旺柳の顔がなぜか引きつったような気がするのだが、思い違いだろうか。

自室に戻ってきた旺柳は文字通り頭を抱えていた。

まさか翡翠が生きていたなんて。

前皇帝に私怨があるとしたら、翡翠のことに他ならない。この国の現状を危ぶみ、苦しんでいる民を救いたい、という志を持って挙兵したことに間違いはないが、根っこのところには翡翠のことがあった。どんな大義を掲げたところで、その根底に翡翠の仇《かたき》を討つ気持ちがなかったといえば嘘になる。

翡翠は後宮で辛い目に遭って死んだと思っていた。

翡翠が後宮へと連れて行かれてから半年ほど経ったところで、彼女の家族に翡翠は後宮で病死したのだと聞かされた。そのような文が来たのだと。

だから翡翠のことは忘れて、別の娘と結婚しなさいと言われた。死んだ翡翠もきっとそう望んでいる、旺柳が幸せになることをなにより望んでいると。

だが、翡翠が病気で死んだなんてとても信じられなかった。人一倍身体《からだ》が丈夫で、風邪ひとつ引いたことがない。家族みんなが生ものを食べて腹を下して苦しんでいたときも、翡翠ひとりはぴんぴんして野山を駆けまわっていた。だから翡翠はきっと子をたくさん産んで、旺柳は子だくさんの父親になるのだと言われ、そうなるのだろうと、ささやかな幸せを感じて、それで満足だった。

そんな翡翠が病死したなんて。

もし死んだならば病死ではない。後宮で酷い目に遭って殺されたのだと思った。後宮はろくでもない場所だと聞いていた。皇帝の寵愛《ちょうあい》を得るためならば誰を殺すことも躊躇《ためら》わない、目的のためならばなんでもする場所だ、と。そんな伏魔殿で、地方ののどかな町で素直に純真無垢《むく》に育った翡翠は、誰かの醜い手にかかって殺されてしまった。

旺柳は変わった。

翡翠が死ぬ前と後とで、だ。

自らの師であり、翡翠の書の師でもあった秀亥に、お前はこんな片田舎でこのまま終わる存在ではない、翡翠の仇を討つためにも、悪政をしている現皇帝を倒そうと言われた。旺柳こそ皇帝に相応《ふさわ》しい器だ、と。自分はそんな人物ではないと意に介していなかったが、元は皇城に仕えていたという秀亥に強く勧められてとある豪族の養子となった。

そして養父の下で様々なことを見聞きすることで、旺柳はこの国が置かれた状況について理解を深めていった。この国では重税が課されており、皇帝とその周囲の者たち、後宮に住まう者たちは民から集めた税金で、我が世の春かという暮らしをしているという。その一方で壊れた橋はずっと壊れたまま、道も整備されておらず景気も悪く、貧しい人は飢えて死んでいる現状だった。玄大皇帝が即位して間もなくからそんな状況になった、全ての元凶は玄大皇帝、彼を倒すべきだ、との機運があり、旺柳もそれを望んだ。そして、周囲の豪族たちを味方につけて自ら先頭に立ち、反乱軍を立ち上げて皇城まで攻め込んできた。

皇帝一族を処刑したことも、新たな国を造るためには必要なことだと目を瞑《つむ》った。どんなに非道な、冷たい者だと言われても、それで平和になれば、人々が幸せになれるならばいいと思っていた。自分がどんな残忍な悪者になったとしてもいい、と。誰にどう思われても構うものか、と。そんな覚悟を決めて皇帝となったのだ。

（それが翡翠が生きているとはどういうこと……いやいや、もちろん嬉しいに決まっている！　天にも昇るような気分だ！　だが、しかし！）

翡翠は言っていた。旺柳は昔と変わらず優しい人だと。虫も殺せないような慈愛に満ちた人だと。

違うんだ、違うんだ翡翠。

直接手を下さないまでも、皇城に攻め込んで来るまでに何千という人を犠牲にしていた。それはこの国の反乱の歴史を考えれば少ない方かもしれないが、それでも多くの人を殺してきたことに変わりはない。虫も殺せない、なんてとんでもない。

言えやしない。

自分がその悪辣な皇帝だなんて言えやしない。

「うぅー……一体どうしたら……」

旺柳はとうとう几《つくえ》に頭をぶつけ始めた。

誰にどう思われてもいい。嫌われてもいい。

ただ、翡翠は話は別だ。

翡翠にだけは嫌われたくない。翡翠に嫌われたらそれは世界に嫌われたと同義である、生きている意味も価値もない。

旺柳は翡翠から皇帝へと宛てられた文を見た。

字を見ただけで、しっかりとした芯がある女性であることが窺《うかが》い知れる。自分の考えを物怖《ものお》じせずにはっきりと言い、他者に反論されても自分の信念は押し通す。翡翠は故郷に居た頃とちっとも変わっていない。

文には後宮のことをどう考えているか知らないが、後宮に居るのは元の皇帝に無理に連れて来られた不幸な者ばかりだ。その者たちを全て処刑するなんて情けもなにもない。後宮に居る者たちはみんな被害者なのである、その救済をするのではなく、前皇帝と同罪とばかりに処刑するのはあんまりだ、と切々と語られていた。

こんな文を皇帝に届けて、無礼者だと斬り捨てられてしまったらどうしようという恐れはなかったのかと考える。翡翠や後宮の者たちにとって新たな皇帝とは簒奪《さんだつ》者であり、自分たちを殺そうとしている人物だ。

それをひとりきりでやって来て皇帝に会わせろと要求し、それが叶《かな》わないと三日三晩門前で座り込みをして……なんて健気《けなげ》なのかと涙が出て来そうだった。

そして、旺柳はとうとう決意した。

「誰か、側《そば》にいないか。皆を集めてくれ。話がある」

＊

青鷺宮、正確には青鷺宮の門前から翡翠が戻った翌日のことだった。

「……え？　私に使者が来ているって、どういうこと？」

寝ぼけ眼で応じた翡翠であった。

三日三晩、門前で座り込みをしていた翡翠の疲労は予想以上で、髪と身体を洗い、たらふく飯を食った後にすぐ寝てしまった。肩を何度も揺さぶられ、ようやく起きたのは夕方になってからだった。

「どういうこともなにも、伝えた通りよ。青鷺宮から来た皇帝の使いですって」

香澄のひと言で眠気が吹き飛んだ。

もしかして、旺柳がもう話をつけてくれたのかもしれない。翡翠は慌てて支度を整えて、使者が待つという部屋まで急いだ。

もう後宮はなくなってしまう。男子禁制、というのが後宮の大前提だったが、それは崩れつつあった。だが、誰が気にしたのか使者が待っていたのは後宮の門外にある、面会用の建物の一室であった。

「お待たせいたしました」

そこには昨日皇帝への文を預けた若い警備兵と、それから旺柳の姿があった。

「あっ、旺柳！　もしかして使者って旺柳のことだったの？」

そう言って駆け寄ろうとしたとき、隣にいた警備兵が旺柳の前へと腕を伸ばして、それを制した。これ以上旺柳へと近づくな、とでもいうような雰囲気を感じる。

なぜそのような対応をするのか意味が分からない翡翠は、首を傾《かし》げた。旺柳は苦笑いだ。

「使者はこちらの方だよ。俺は付き添いのようなものだ」

「ああ、そうだったのね。ええっと、私に用事があると聞いたのだけれど。昨日私が託した文は皇帝に読んでいただけたのかしら？」

翡翠が瞳を輝かせながら言うと、使者はなぜか隣に立つ旺柳を気にするようなそぶりをしながら、頷いた。

「おっ、畏れ多くも我が皇帝から、こちらの文をそなたへ、と」

使者は上ずった声で言い、折りたたまれた文を両手で持ち、翡翠へと差し出してきた。

翡翠は頭《こうべ》を垂れて、手を頭上へと差し出して、仰々しくそれを受け取った。

なかなかの達筆である。新しい皇帝とはどんな人なのか、なんの情報もなく、歳も分からないが、思ったよりも年嵩《としかさ》の者なのかもしれない。

翡翠はその文を開いて……首を傾げた。

「あの、ここに書かれている、後宮……始末官、とは一体なに？　任命するって……？」

書いてあったのはたった一文、『璃《り》翡翠を後宮《こうきゅう》始末官《しまつかん》に任ずる。任期は一年とする』ということだけだった。

「あー……それを説明するために、俺が一緒に来たんだ」

旺柳は言い、翡翠に椅子に腰掛けるようにと促した。

そして卓を挟んで使者である警備兵と旺柳が隣り合って座り、翡翠は旺柳の向かいに腰掛けた。警備兵が旺柳の隣で彼を必要以上に気にする様子で居心地悪くしているようなのが気になる。

「まず、後宮に居る者たちを全員処刑するというのは撤回された」

「本当に？　よかった！　みんなの気持ちが皇帝に届いたのね」

まさか皇帝がこうも素直にこちらの意向を受け入れてくれるとは、思ってもいなかった。

まずはほうっと胸をなで下ろした。

「だけど、後宮をそのままにすることはできない。新皇帝は、後宮を廃止するということを掲げて軍をまとめて、灯都まで攻め上ってきたんだ」

「後宮を廃止する？　どうして？」

翡翠にしても、後宮なんてなくなってしまったらいいのにと思ったことがあった。だが、後宮は皇帝の権威の象徴であり、世継ぎを作るという大切な役割もあり、また、後宮がこの国の政《まつりごと》を一部支えているという面も実はある。後宮から生まれた文化が花開き、国中に広まっていくなんてこともある。だから、なくてはならないものだと考えていた。

「この国の民は、玄大皇帝が民から巻き上げた税金で贅沢三昧《ぜいたくざんまい》の生活をしていて、そのほとんどが後宮につぎ込まれていたと考えている。実際にどうかは別にして、だ。新たな世にすると民に知らしめるためにも、後宮を廃止することは必要なのだ。だから、後宮廃止は変えられない。しかし、そこに居る者たちを皆殺しにまですることが本当に必要なのか、その点が議論された」

「旺柳が皇帝に進言してくれたのね。ありがとう！」

卓越しに手を伸ばして旺柳の手を取ろうとすると、警備兵がなぜか厳しい視線を飛ばしてきた。それに驚いて、翡翠は手を引っ込めてしまった。

（……一体なんなのかしら？　もしかして私が文を託したことで、なにかお咎《とが》めでも受けたのかしら？　それで私を恨んでいるの？）

文を渡したときには、三日三晩も門前に座り込んでいた翡翠を哀れんで同情して、この文は必ず皇帝に届けると約束してくれたのに。

「……ああ、だが、喜んでばかりもいられないというか……」

「そうなの？」

「とにかく、後宮はなくさないといけない。そのためにはどうすればいいか。そこに居る者全員を処刑するのが一番手っ取り早い。費用はかからず、早くことが済む」

「ひ、費用がかからないなんて酷《ひど》いっ！　そんなこと、誰が言ったの！」

翡翠が鼻息荒く言うと、旺柳は慌てて首を横に振った。

「こっ、皇帝とその重臣たちだよ！　決して俺が言ったわけでは……！」

「そうよね、驚いた。心優しい旺柳がそんな恐ろしい発言をするはずがないもの」

「あっ、ああ……うん……」

　旺柳はなぜか歯切れが悪い。目も逸《そ》らしがちな気がする。

（きっと、そんな極悪非道な皇帝の下で働いていることを恥じているのね。いいのよ、分かっているから。旺柳はなにか事情があって渋々皇帝に仕えているだけだわ）

　翡翠は旺柳に向けて分かっているわよ、とでもいうようにひとつ頷《うなず》いた。すると旺柳はまた気まずげに目を逸らしてしまう。

「とっ、とにかく、その後宮始末官というのは、いわば、後宮を閉じる任務を帯びた者のことなんだ」

「後宮を、閉じる……？」

「そう。命までは取らない、だが、一年以内に後宮は閉じるので住んでいる者は残らず出て行け、というのが議会での決定なんだ。俺も頑張ったんだけど、それが限界だった」

　後宮から出られる。それは翡翠にとっては願ったり叶ったりのことだった。

　だが、それを執行する役割をお前がやれ、というのは素直に受け入れることができない。

「つまり、私は後宮のみんなを追い出す役割を仰せつかったってこと？」

「まあ、そうなるかな？」

「そんなっ、乱暴な！」

　翡翠は勢いよく立ち上がり、拳を握って振り回した。

「そんな面倒で厄介で、人に恨まれそうな仕事を私に押し付けるなんて！　しかも、私の希望も聞かずに一方的に任命するなんて、あり得ないわ」

こちらのやり方に文句があるならば、お前がやってみせればいい、と偉そうに足を組んで薄笑いを浮かべながら、遙《はる》かなる高みから翡翠を見下ろしている皇帝の姿が目に浮かぶ。

「新しい皇帝って絶対に性格が悪いわ。今までの所業から薄々分かっていたけれど！」

「所業……ああ、うん、そうだね」

なぜか旺柳がとても傷ついたような表情となった。

「ああっ、ごめんなさい。旺柳が仕えている人をあまり悪く言うのはよくないわね」

「うん……いいんだ。とにかく、後宮人を皆殺しにするというのは撤回された。でも後宮は廃止しないといけないから、後はそこに住んでいる人の身の振り方を考えないといけない。新皇帝の部下が後宮始末官として無理やりに後宮人を追い出すようなことになるよりも、翡翠がその役割をした方がいいように思えるんだけれど？」

「考えようによっては……そうだけれど……」

いや、絶対に面倒くさい役割だ。

後宮を廃止することには、どちらかといえば賛成で、後宮にいた人たちを解放することには大賛成だが、その仕事を自分がするというのは話が別である。

「なにも今すぐに出て行けというわけではないんだ。皇帝は温情をかけて、一年という期間を設けた。それだったら、これからどうすればいいかじっくり考えられるだろう？」

「そうなの？　怪しいけど……。それに、一年以内に行き場所を探すことができなかったらどうするの？」

ふと香澄のことを考えた。彼女は故郷に家族も頼る人もなく、行き場所がないと言っていた。そのような者は後宮内に他にもいるだろう。そのときはどうすればいいのだろうか。

「そのときは処刑されるかな……」

「酷い、やっぱり酷い皇帝だわっ！　皇帝の重臣たちは彼に信頼を寄せているんだろうけれど、私は大嫌いっ！」

翡翠が吠《ほ》えるように言うと、旺柳は泣きそうな顔になってしまった。

「あの……やっぱり後宮始末官なんてできないかな？　それなら、俺から皇帝に、他の者を任命するようにと頼んでみるけれど」

「他の者……新しい皇帝の手の内にある人ってこと？」

「そうなるかな」

それはあまり好ましくないような気がする。冷酷無比な皇帝の配下に居る人である、強硬な手に出るかもしれない。

翡翠は元のように椅子に腰掛けて、もう一度皇帝からの文……任命書を見た。

後宮始末官なんて、嫌われそうな役割である。

けれど考えてみれば、これから後宮に住まう人たちは後宮という狭い檻《おり》から解放されて新しい人生を歩むことができるようになる。自分はその手伝いができるのだ、と考えれば悪くないかもしれない。

それに、一年という猶予もある……短いけれど。

なにも箒《ほうき》を持って、今すぐ後宮から出て行け、とみんなを追い出すわけではない。一緒にこれからどうするか考えていける、と捉えれば、いい仕事かもしれない。

「いいえ、やってみるわ。難しそうな仕事だし、私に務まるかどうか分からないけれど、後宮の人たちを守るために私にもできることがありそう」

「そう、よかった。それから、俺もその仕事を手伝うから」

「え？　本当に？」

予期していなかった言葉に、翡翠の心は弾んだ。

不安でいっぱいだったが、旺柳が一緒ならば、なんとかなるような気がした。

「うん。後宮は元は男子禁制だったと思うけれど、もうそんな決まりもないようなものだろう？　俺が出入りしても咎められないはずだ。それになにも皇帝は、全ての責任を翡翠に押し付けようとか、そういうつもりではないんだ。ただ、皇帝の元へひとりで抗議に来た翡翠の勇気と決意を認めて、始末官としてこれ以上に相応《ふさわ》しい人はいないと思ったから、任命しただけで」

旺柳は皇帝を庇《かば》うように言うが、皇帝がそんないい人だとは思えない。

しかし今は、異議を挟むことはやめておこう。ひたすらに、旺柳が手伝ってくれるということが嬉《うれ》しいから。

「そうね、旺柳を手伝いにつけてくれたということからも分かるわ。旺柳みたいな優秀な人、近くにおいて他の仕事をさせたいはずなのに」

「そ、そんなこともないと思うけれど……」

翡翠は照れるように笑った旺柳の手を取って、親愛の情を込めてぎゅっと握りしめた。

「頼りにしているわ」

「ああ、もちろんだよ。任せておいて」

旺柳は昔のように、ゆったりと微笑《ほほえ》んだ。


旺柳は真っ青な顔をして、青鷺宮までの回廊を歩いていた。

その斜め後ろを歩く警備兵は、旺柳の様子を見ながら、ひたすら頭に疑問符が浮かぶばかりだった。

(おかしい……旺柳様……俺が知っている旺柳様ではない。あの翡翠とかいう女、旺柳様

のなんなのだ？　昔馴染《むかしなじ》みではあるようだが）

後宮へ向かう途中で、自分が皇帝であることはなにがあっても言うなと厳命された。だから我慢していたが、あの女のあの態度はなんなのだ。気安く旺柳様に触れようとしたり、横柄な口の利き方をしたり。挙げ句の果てに、皇帝である旺柳様への非難を平気で口にする。あの女の身分では、旺柳様の前に跪《ひざまず》いてその顔を見ることすら畏れ多いのに。

この警備兵にとって旺柳は、目的のためには手段を選ばない、ときにはどんな冷酷な命令でも出すような人で、神に選ばれた、皇帝となるのに相応しい人物だった。近づくことすら畏れ多い、反論なんて許されない、命令されたことをありがたいと受け取り、彼の意向に沿うように全てを投げ出しても惜しくないと思うような人物だった。

それが、これはどういうことだろう。

「お、旺柳様」

警備兵は先を行く旺柳の背中に恐る恐る話しかけた。

「なんだ？」

先ほどとは打って変わった冷静な口調に、警備兵はどこか安堵《あんど》する。まるで人が変わってしまったように思っていたが、そうではなかった。

（やっぱり俺の知っている旺柳様だ。あの女の前でだけは違うのか？　旺柳様は、女になどまるで興味がないと思っていたのに）

灯都まで攻め上って来る途中、その土地の豪族の長が自分の娘を差し出そうとしたことが何度もあったが、旺柳はその一切を断った。中にはこの国で一番ではないかというような魅惑的な女もいたのに。しかし旺柳は彼女をさっさと部屋から追い出して、警備の者に言い放ったのだ。『ああいうのは迷惑だから、今後一切私に近づけないように』と。まるで自分の人生には女など邪魔だと思っているようだった。そこに、人ではない、神に近いなにかを感じていたというのに。

「先ほど、あの女に……」

そう言った途端に旺柳がこちらを振り返り、鋭い視線を飛ばしてきた。まるで射殺そうか、という目つきだ。

「えぇっと、翡翠……殿に、始末官の手伝いをする、とおっしゃっていましたが」

「ああ、そうだな」

「旺柳様が、直々に、ですか？　皇帝として、他にやるべきことが……」

「それは重々承知の上だ。その役割を果たした上で、翡翠の手伝いをする」

「そのようなこと、可能なのでしょうか。俺は、旺柳様のお身体《からだ》が心配です。あまり無理をなされては」

「心配は無用だ、自分のことは自分がよく知っている」

（それはそうでしょうけれど……）

旺柳は幼い頃、病を得て寝込むことが多かったらしい。そのせいか、体調管理には人一倍気を遣っていることも知っていた。彼専属の侍医もいる。

「それに、後宮内には他に気になることもある。それを調べるためには身分を偽って行動するのがいいだろう。これは一石二鳥なのだ」

「はあ……そうなのですか」

しかし警備兵には、翡翠に会いたいがためにそれらしい理由をつけているようにしか思えなかった。認めたくはないが、旺柳はあの女にぞっこん、なのであろう。

秀亥にはどう説明するつもりなのか、と気になった。

秀亥は今は旺柳の宰相を務めているが、師匠のような存在なのであるという。旺柳が皇帝となるためにさまざま助言をしてきたのは秀亥であり、彼には頭が上がらないところがあると、ふたりの間の雰囲気から察していた。秀亥は後宮始末官を立てることにも反対したと聞いた。後宮に居る者など、問答無用で殺してしまえばいいのだ、と発言したとも。

その手助けをすると知ったらどうなるか。

「ああ、そうだ。俺が翡翠の手助けをするとは他には知らせるな」

「は……はい。承知いたしました」

やはり秀亥に反対されることを気にしているのだろうと察した。

秀亥も、旺柳の翡翠に対する態度を見たら驚くに決まっている。

「あの……他に知らせないのはよいのですが、後宮に行くときにはぜひ俺をお側《そば》に付けてください。後宮とは、非力な女と宦官《かんがん》しかいない所でしょうが、どんな企《たくら》みがあるかも知れません。その警備のために」

「それは……どうするか。俺は皇帝の従者のひとり、ということになっているのだ。それに警備がつくなどおかしな話だろう？」

「俺は旺柳様のこともそうですが、翡翠殿のことが心配なのです。俺も、微力ですがそのお力に少しでもなれれば」

「そうか！　ならば任せた！」

　そう嬉しそうに言う旺柳を見て、彼にある唯一の弱点が翡翠なのであろうと察した。ならば周囲に知られてはならない。新たな皇帝には付け入る隙がないと、周囲には思わせないといけない。

（俺が、なんとしても旺柳様を守らなければ！）

　名もなき警備兵は固く決意した。

「ああ……そういえば、新たな皇帝になったのだから名を改めた方がよいかもしれぬな」

「え？　名前を改める、ですか？」

「そうだ、陽光《ようこう》という名にしよう。新たな世を作っていく皇帝に相応しい、立派な名前だ。皆にもそう周知するようにしよう。ああ、でも、翡翠の前では今までどおり旺柳と呼ぶように。分かったな？」

そう厳しい目つきで言われ、拒むことはもちろんできない。

（絶対に、あの女に自分が皇帝であることを気づかれないようにするためだ。旺柳様、俺は心配です。そんなことで本当にこの国を治めていけるのでしょうか……）

警備兵は旺柳に気づかれないように、こっそりとため息を吐き出した。

第二章　後宮始末官誕生！

「なんだって？　私たちにここから出て行けだって？　そんな話、勝手に承諾してきたというのかい？」

目を剝《む》き、肩をいからせ、とって食ってやろうかという凄《すさ》まじい迫力で迫られ、翡翠《ひすい》はごめんなさいっと平伏《ひれふ》して、前言を撤回したくなった。

ここは皇后が朝見の儀に使っていた白煉宮《はくれんきゅう》にある白景《はくけい》の間だった。

後宮内には皇后が住まう白煉宮と、他の妃嬪《ひひん》が住まう緑寧宮《りょくねいきゅう》、紅椿宮《こうちんきゅう》などの殿があり、その他、宮女が住まう部屋が連なった建物があった。

後宮内には多くの人が集まれる場所はなく、この白景の間が一番広いということで選び、使用許可は……もう主がいないのに誰の許可を？　と言われたため、勝手に使わせてもらうことにして、その点については特に異議は出なかった。

翡翠は、後宮人を処刑する話はなくなったこと、その代わり後宮人は後宮から速やかに出て行くようにという勅命が下ったことを説明するために、この場を用意した。そして、自分がそれを担う後宮《こうきゅう》始末官《しまつかん》になったことも報告しなければならなかった。

前夜は眠れないほど緊張してこの場に臨んだ翡翠だったが、後宮人たちの反応は思った以上に反抗的なものだった。

(おかしいわ……反感を買うかもしれないと予想していたけれど、これほどとは。処刑が回避されたことで、みんな喜んでくれて、後宮から出て行くことは致し方ない、とだいたいのところは納得してくれると思っていたのに)

翡翠は元は皇后が座っていた椅子の横に立ち、集まった者たちに向かって話していた。皆の前で話すからと、今日は紅の深衣を身に纏っていた。深衣の襟には白い華の刺繍《ししゅう》がされている。髪は半分を結い上げて簪《かんざし》を挿し、背中の真ん中まで届く残りの髪はそのままたらしていた。皆の前に立っても恥ずかしくない姿だ。

翡翠のすぐ向かいにはずらりと妃嬪たちが座っていた。皇帝が不在となった後宮でも華やかに着飾っていて、優雅に扇を振りながら翡翠の話を聞いている。

猛烈な勢いで抗議をしてきたのは、その妃嬪たちと皇帝の取り次ぎをしていた、世話役の寿黄《じゅおう》という女性だった。恐らくもう七十近いだろう。

「そうだねぇ、聞けばお前は後宮守《こうきゅうもり》だというじゃないか?」

寿黄の言葉に追従するように、妃嬪のひとりから声が上がる。

「それが、新皇帝……陽光《ようこう》皇帝とかいったかねぇ？　その者の命を受けて妾《わらわ》たちに言葉を授けるとは、世の中も変わったものだねぇ」

鮮やかな紅色の唇をへの字に曲げ、いかにも不満、というような表情を翡翠へと向ける。

（ええ！　その通りよ！　皇帝が変わって、世の中も変わったの！　後宮の妃嬪だからとふんぞり返っていられる時代は終わったのよ。そして私だって、好きでこんな役割をしているわけじゃないのよ〜）

そう叫びたかったが、余計に収拾がつかなくなりそうなのでやめておいた。

「そうよ、第一、数居る妃嬪様たちを差し置いて、あなたが後宮代表とばかりに新しい皇帝に直接話しに行くなんておかしいわ」

部屋の後方に立っている宮女からも声が上がる。

前方に座るのは妃嬪たちだったが、後は身分に関係なく雑多に人が押しよせていた。部屋に入りきれずに、通路や窓から中の様子を覗《のぞ》き込んでいる者もいた。そして誰もが不満と不安が入り混じったような表情で翡翠のことを見ている。

「あの、別に後宮代表というつもりで行ったわけでは……。ただ、大人しく処刑されるのは本意ではなく、ひと言言ってやろうと個人的に抗議をしに行っただけです。そして、行きがかり上、後宮始末官に任命されてしまっただけで……」

「そうだ。それに皆おかしくないか？　翡翠が勇気を出して進言したおかげで処刑は回避されたというのに、彼女を責めるような言い方をして」

そう声を上げてくれたのは、翡翠の斜め後ろに立っていた旺柳《おうりゅう》だった。彼のことは、陽光皇帝の側近が、立ち会いのために来ていると説明していた。そのために敵意をむき出しにしているような視線や、値踏みをするような視線を感じた。

「殺されることと比べたら、ここから出て行くことくらいたやすいだろう？　意に沿わず後宮に連れて来られてしまった者も多いと聞く。故郷に戻りたいと考えている者も多い、と。ならば、これは願ってもいないことでは？　後宮から解放され、どこに行くのも自由だと言っているのだ」

その通りだ。翡翠が言いたいことを旺柳が言ってくれた。

「そうよ、翡翠が頼んでくれたおかげで処刑なんてことにならずに済んだのよ？　だったらよかったじゃない」

こう言ってくれたのは、翡翠と顔馴染《かおなじ》みの宮女だった。

「それに後宮から解放されるなんて、これ以上ないことだわ」

「そうよ。私は今すぐにでも出て行きたいわ！　望んで後宮に居たわけではないもの」

それに追従するように他の者からも声が上がる。

これでみんな納得してくれるだろうと思っていたのだが、寿黄は止まらない。

「処刑が取り下げられたことと、後宮を追い出されることとは違う！　それはそれ、これはこれだよ！」

（えぇぇぇえぇぇ？）

どうしてそれを別に考えるのか、翡翠には理解できなかった。旺柳を振り返ると、彼も困惑した表情を浮かべていた。しかし、この場にいる者たちの多くは、その通りとばかりに頷《うなず》いている。

「……だいたい」

窓際の椅子に優雅に座っていた女性が、よく通る澄んだ声を上げた。

「出て行け、というのがおかしくはないかしら？　ここは私たちの住まいだというのに」

そう言ったのは橘徳妃《きっとくひ》だった。

皇后に次ぐ四人の妃《きさき》の身分にある女性である。歳は二十代半ばほどに見えるが、実は四十近いと聞いたことがあった。あまり感情を外に出さない人で、ときどきなにを考えているのか分からないことがある、と彼女に仕える宮女に聞いたことがあった。

「それに、あなたが拝命したという後宮始末官という名前も気に入らない。それじゃあまるで私たちが新しい世には不要で、排除されるべき存在だというようだわ」

新皇帝、陽光の一派にはそう思われているから皆殺しにされそうだったのではないか。

そうは思うのだが、さすがに口に出せなかった。

「まあ、出て行けと言うならば出て行くさ」

そうぞんざいに言ったのは夏嬪《かひ》だった。妃の身分に次ぐ九嬪《きゅうひん》の身分にある女性で、キツい性格だと評判だ。白い肌に、切れ長の瞳の下にあるほくろが印象的である。

「でもねぇ、物事には順序ってものがあるだろう？　それに、私もお前のような、なにも分かっていない下級宮女が後宮のあれこれを取り仕切るのが気に入らないね！」

夏嬪の鋭い視線にひぃっと声を上げそうになりながら、どう説明すればと考えている間に、別の女性たちからも声が上がる。

「そうよ！　あなた、後宮始末官を引き受けたってことは、私たちが出て行くのを認めたってことね。私たちがそう望んでいると、陽光皇帝に伝えたってことよね？　信じられないわ！」

「そんなことを勝手に決めるなんて、一体どういうつもりなの？　何様？」

「陽光皇帝にどう取り入ったのか分からないけれど！」

他の宮女たちもそれに追従するように次々と声を上げた。

「そんな簡単に後宮から出て行けって言われても困るのよ！　行き場所なんてないわ。私たちを路頭に迷わすつもりなの？」

「もしかして、処刑された方がまだましだったかも……。後宮に住まうようになってもう十年以上経《た》つわ。外の世界のことなんてなにも知らない。今更どこへ行けっていうの？」

「いえ、ちょっと待って！　せっかく翡翠が話をつけてくれたのよ。それをこんなふうに責めるのは、それこそ身勝手よ」

「そうよそうよ！　翡翠は、私たちを守ろうとしてくれているのよ！」

「願ったり叶《かな》ったりじゃない。後宮から解放されるのよ？　なんの不満が？」

「そうだ！　処刑された方がよかったなんていう者は、止めやしないから玄大《げんだい》皇帝に殉ずることにすればいい」

「酷《ひど》い！　そんな言い方ってないわ！」

喧々囂々《けんけんごうごう》、いろいろな意見が飛び交い、収拾がつかなくなってきた。翡翠は耳を塞いで、その場にしゃがみたい気持ちになる。

後宮始末官なんて、面倒そうな仕事だなとは思ったが、ここまでとは予想以上だ。翡翠が陽光皇帝の手先と見なされて、目の敵にされているような気さえする。そんなつもりは毛頭ないのだが、そう主張したところで受け入れてもらえそうもない。

翡翠はため息を吐き出しつつ、皆が落ち着くまでしばらく様子を見ることにした。

話を聞いていると、おおよそ夏嬪が中心となった『後宮を出て新しい人生を始めたい、でも翡翠が後宮始末官なのは気に入らない派』と、橘徳妃と寿黄が中心となった『後宮に留《とど》まりたい派』と、その他『人生諦めているからどうにでもなれ派』に分かれているように思える。

半刻《はんとき》ほど経ち、皆が言い合いに疲れてきた頃を見計らって、翡翠は声を上げた。

「皆さんにさまざまな意見があることは分かりました。とりあえず、今日のところはこれで散会ということにしませんか？　これからのことについては、また改めてということで」

「だから！　なんであんたが仕切っているんだい！」

（ひいっ）

寿黄が怒鳴るような声を上げ、翡翠は裸足《はだし》で逃げたくなった。

寿黄はふん、と鼻を鳴らし、皆に呼びかける。

「まあ、みんないろんな思いがあるだろうが、急なことで気持ちの整理ができていない者もいるだろう。また後日にしよう」

（だからっ、私が今そう言ったのに！）

寿黄の言葉に、不服そうな人はいたが、反論の声は上がらなかった。みんな言いたいことを言って、疲れているのかもしれない。

「あのっ」

寿黄に負けないように、と翡翠は声を張った。

「私が後宮始末官になったことは……とりあえずは受け入れていただくしかありません。私が断れば、陽光皇帝の命令を受けた他の誰かがやって来るかもしれません。後宮とはまったく関係のない人よりも、私の方がまだいいと考えてくだされば……」

「そうだね、そう考えるとあんたの方がマシかもね」

夏嬪がふん、と鼻を鳴らす。

そこまで言われるのならば誰かに譲っても、と考えたが、ならば誰がなるかということで新たな争いが勃発しそうだ。それに、望まないこととはいえ、一度引き受けた以上は最後までやり遂げたい。

「そうだね、大人しく出て行くかどうかはさておき……と、そこのあなた？」

橘徳妃が持っていた扇を旺柳の方へと向けた。

旺柳がはい、と応じると、扇を優雅に揺らしながら言う。

「あなたは陽光皇帝の側近なのでしょう？　ならば皇帝に伝えてください。そもそも後宮をなくすなんてことはあり得ないことなのだ、と。後宮はこの国に欠かすことのできない尊いもの。後宮の絹織物《きぬおりもの》は一級品だと有名だし、調度品も絵も書も、後宮にはこの国で最も優れたものが集まっている。それもひとえに、後宮人たちが他にはない優れた感性を持っているということに他ならない。後宮内で育まれた文化がこの国に息づいている。いわば文化発祥の場所でもあるのよ。それをなくすなんて」

確かに橘徳妃の言う通りだ。妃嬪《ひひん》たちを喜ばせようと皇帝は各地から珍しい品々を取り寄せてさまざまな贈り物をし、また、妃嬪は皇帝の気を惹《ひ》くために美しく着飾るのはもちろん、室に一流の絵師に描かせた絵を飾ったり、庭師に命じて庭を整えたりしていた。その結果、後宮にはこの国で一流といわれるものが集まっている。また、後宮に献上するために職人たちがしのぎを削っているという側面もある。結果、後宮があることで生まれるさまざまな文化があるというのは言い過ぎではない。

「一度後宮を廃止しても、すぐにその存在意義に気づいて、再び後宮を復興することになるでしょう。出て行きたい者は出て行けばいい、でも残りたい者は残って、細々とでも後宮としての機能は残すべきです」

「なるほど！　さすがは橘徳妃！　それが一番よいように思えます」

それに諸手《もろて》を挙げて賛同したのは寿黄だった。

「そうです！　後宮とはこの国に絶対に必要なもの。それを廃止するなどやはり乱暴ですわ。残すべきです」

橘徳妃の侍女が声を上げ、他の妃嬪に仕える侍女も、宮女も、宦官《かんがん》たちも、皆、それがいいと口々に言い始めた。

「素晴らしい案のように思えます」

「わたくしも、橘徳妃の案に賛成ですわ」

確かに、言われてみればそれが一番よいように思う。後宮から解放されたいと思う者は出て行くことが許され、ここに残りたいと思う者は残ることができる。不満も出づらいだろう。だが……。

「そういうわけにはいかない。後宮は廃止する、それは決まったことだ」

旺柳ははっきりと言い切った。そこには断固たる意志が込められていた。

「だから、その決定事項を覆せないか、と言っているのです」

橘徳妃が食い下がるが、旺柳は首を横に振る。

「ならば後宮の人々を生かす、という決定事項も覆る可能性がある。こちらの決定に異議を唱えるなど、やはり後宮など厄介なだけだ、今すぐそこに居る者たちを処刑せよとの勅命が出る可能性もある。それでもよいですか？　よいのならば、皇帝に伝えてみます」

旺柳のひと言に、橘徳妃は口を閉じ、それ以上はなにも言わなかった。

そして、寿黄も他の者たちも、口々にぶつぶつとなにか言いながら部屋から出て行った。

翡翠はそれを見送りながら、これから待ち受けている困難を思いため息を吐き出した。

「……驚いたよ、皇帝が処刑を撤回したのだからもっと喜んで、翡翠のことを褒め称《たた》えると思っていたのに」

翡翠の隣で、同じように皆を見送りながら旺柳が言う。

「そうね、少しは異議が出るとは思っていたけれど、ここまでの反発を受けるとは思っていなかったわ」

「みんな言いたい放題でまいったよ……翡翠がどんなに苦労して処刑を撤回させたか分かっていない。だいたい、後宮から解放してやるというのだから、喜んで出て行くべきじゃないのか？」

憤る様子の旺柳を見ると、ありがたい気持ちになった。そうやって彼が怒ってくれるから、翡翠は少し冷静な気持ちになれた。

「私もそう思っていたの。死ぬより出て行く方がましだから、受け入れてくれるだろうって。でも考えが甘かったわ。出て行け、と言われても行く先がない人もいるものね……」

まさか、処刑されたほうがまだよかったとまで言われるとは考えてもおらず、まるで鈍器で頭を殴られたような気持ちになった。

自分には帰る故郷がある。しかし、そうではない人も居るのだ。

そんな人たちには、長く暮らした後宮を離れて、見も知らぬ場所に行くのは死ぬよりも辛《つら》いことかもしれない。反発する声が出ても当然だ。

「そんな人たちも、後宮から出て行かせるのが私の仕事なのよね。気が重いわ」

つくづくとんでもない役割を引き受けてしまったと、陰鬱な気持ちになってくる。

「あの……翡翠がどうしても嫌だと言うならば、皇帝に頼んでみてもいいけれど？　やはり皇帝の配下から後宮始末官を選ぶように」

「いいえ、それは駄目よ。だって、さっきの橘徳妃みたいな意見が出て来たとき、皇帝の配下の人ならば『なんと、皇帝の温情を踏みにじるような発言、許されぬ！　無礼討ちにしてくれる！』なんてやりかねないもの」

「無礼討ちなんて、そんな乱暴なことはしないと思うけれど」

「そうかしら？　玄大皇帝のときは普通のことだったわ。皇帝の意向に逆らうなんてこと、許されなかったもの。もちろん、妃嬪なんて身分にある人をすぐに無礼討ち、はなかったけれど、私みたいな下級宮女だったら、暇つぶしに殺されても文句は言えなかったわ。今は妃嬪なんて身分もないも同然でしょうし」

さも当然というふうに言うと、旺柳はぎょっとしたような表情になった。

「やはり……後宮とはそんな酷いところだったのか」

「少なくとも玄大皇帝の支配下ではそうだったわ。その前の皇帝のときはそれほど酷くなかったそうだけど……。今度の皇帝は後宮を廃止すると言うし。そのときの皇帝によっていろいろと変わるものね」

特に意識せず言った言葉だったが、旺柳はなにかを考え込むような表情となった。

旺柳がどれだけ皇帝に近い側近か分からないが、なにか皇帝が間違ったことをしたときに、それは違うと進言できるような立場であったらいいなと思う。旺柳が政治の中心にいれば、この国も変わるような気がするのだ。

「とにかく、これからどうするか、よね。さきほど旺柳が言ったように、皇帝には後宮廃止を撤回する気はないようだから」

翡翠が言うと、旺柳はそうだよね、と応じた。

「まずは、後宮を出て行きたいと願っている人たちのことは、準備ができ次第、後宮から解放するべきだと思うの、皇帝の気が変わらないうちに」

「そんな急に気を変える人ではないけれど……。でもそれがいいだろうね。次々と人が出て行って、後宮に人がいなくなったら、自分も、という人も出てくるかもしれない」

「そう期待したいわ。一度、みんなの意思を確認した方がいいかも。自分が仕えている妃嬪に気を遣って、本当は出て行きたいのに出たくないと言っている人もいるように思えるの。逆もありそう」

そのために後宮に居る者たちの名簿を手に入れる必要があると述べた。これは尚宮局《しょうぐう》の女官に頼めば入手できるだろう。そして、ひとりひとり呼び出して面談して希望を聞くべきだ、とも。そのときに行く当てがあるのかどうかを聞くのも大切だろう。後宮にこれ以上居るのはごめんだと飛び出して行ったはいいが、行く当てがなく、路頭に迷うようなことになってはいけない。翡翠は、この後宮にいる人たちみんなに、望むような人生を歩んで欲しい。

「やっぱり翡翠を後宮始末官に任命してよかった！」

「え……？」

「……って、きっと皇帝も思うだろうな。間違いないよ！」

旺柳に肩を叩《たた》かれて、別に皇帝に媚《こ》びを売るつもりはなく、皇帝に気に入られようがなんだろうがどうでもいいのにな、と思いつつ、適任だと言われるのは嬉《うれ》しくて、大きく頷《うなず》いた。

「そんなこんなで、後宮に居る人たちに希望を聞くことになったの」

「ええ、それがいいわ。特に立場が弱い女性は、皆がそう言っているから自分もそうしようとか、他の人に遠慮して自分の希望を言い出せない人もいると思うから」

佳耀《かよう》にそう認められたことが嬉しい。

＊

翡翠は緑寧宮にある佳耀の部屋に居た。さすがは女官が住まうところだけあり調度類も豪華で、飾りが付いた簞笥《たんす》や円卓が並び、座り心地がよさそうな椅子が三脚置いてあった。

佳耀は大怪我《おおけが》をしてからずっと寝込んでいたが、ようやく熱が下がって、そろそろ床払いができそうと聞きつけて見舞いに来たのだった。

寝台に座る佳耀の腕には包帯が何重にも巻かれていて、それを見るにつけ、申し訳ない気持ちになる。

「私、後宮守だったのに佳耀に庇《かば》われてしまうなんて。しかも、そんな傷を負わせて」

「気にしないで。私が勝手にしたことなんだから」

佳耀はゆったりと微笑《ほほえ》むが、長く寝ていたせいなのか頰がこけて、唇もかさかさに乾いていた。早く元気になって欲しくて、翡翠は滋養がある棗《なつめ》や栗《くり》が入った粥《かゆ》を佳耀にすすめる。食欲がないのよ、と言われても、無理してでも食べないと食欲も戻らないわよ、と少し強引に食べさせた。

「でも……佳耀が庇ってくれなかったらきっと私、今頃この世にいなかったわ。私のこと、確実に殺そうとしていたもの」

今思い出してもぞっとする。

翡翠を殺そうとした、あの黒い鎧《よろい》の者……その者から立ち上る殺気に怖《お》じ気づき、手足が震えて、逃げようにも地面に足が縫い付けられたように動かなかった。佳耀が庇ってくれなかったら、首を飛ばされたか、心臓を一突きされたかで、その短い人生を閉じていたことだろう。

「あ……でもあの黒い鎧の人、私に『生きていたのか』って言ったような気がしたのよね。それで殺そうとしたような」

「そうなの？　生きていたのか……不思議な言葉ね？　人違いか、聞き間違いではないの？」

「そうよね。あのときは周囲も騒がしかったし、きっと聞き違いね」

しかし、聞き違いにしてもなにを言ったのか少々気になった。恐らくは『俺の行く手を阻むとは生意気』だとか『そこをどかないとは、殺されたいようだな』だとかいうことだとは思う。

「それより、その後宮始末官……？　大変そうな仕事だけれど、翡翠ひとりで大丈夫？」

「うぅ、実は不安なのだけれど。でも旺柳が手伝ってくれるから」

「旺柳って？」

首を傾《かし》げる佳耀に、旺柳との再会について熱っぽく話した。まさかそんな再会があっただなんて、運命的ね、と佳耀はうっとりと微笑む。翡翠が信頼を寄せる人に手伝ってもらえるならば、きっと上手《うま》くいくわよと言ってくれたのが心強い。

「もしよかったら私にも手伝わせてくれないかしら？　身体《からだ》はまだ本調子でないにしても、面談を手伝うくらいはできるわ」

「それはありがたいわ！　旺柳が手伝ってくれるとはいえ、彼は皇帝の側近としての仕事もあるので、ずっとつきっきりでというわけにはいかないのよ。……あ、でも始末官の手伝いをすることで、佳耀もみんなに恨まれてしまうかもしれないわ」

今のところ、あまり歓迎されない仕事なのよね、と言うと、佳耀はそれはそうよね、と頷いた。やはり陽光皇帝に取り入って、彼の手先になったのだと思えてしまう、と。

「きっとみんな、そのうち分かってくれるわよ。翡翠が後宮のみんなのことを思って、始末官の仕事を引き受けたんだって」

「そう言ってくれると嬉しいわ」

そしてその翌日から、翡翠と佳耀と旺柳で、後宮に住まう者とひとりひとり面談することになった。

＊

面談は先日皆を集めた白景の間と同じ白煉宮にある白廊《はくろう》の間で行うと決めて、今後どうするかひとりひとり話を聞くので来て欲しいとお達しを出したはずなのに、それに応じて来る者はいなかった。

「おかしいわね、伝令係に頼んで、場所も時間もちゃんと伝えたはずなのに？」

翡翠は白廊の間の真ん中の椅子に腰掛けて、首を傾げた。

白廊の間はちょっとした会合があるときに使われる部屋で、五人ほどが入ればいっぱいになる小さな部屋である。そこに翡翠と佳耀と旺柳がいて、ひとりずつ面談をすることになっていた。

話しやすいようにと、対面に椅子を配置するのではなく、輪になるようにした。部屋の外には、なにかあったときのために皇帝が旺柳につけてくれたという見張りの兵がいた。それは皇帝からの勅命を告げる書を持ってきた例の警備兵で、あれ以降、どうやら後宮関連の仕事を申しつけられることになってしまったようだ。本人にとってよいのかどうか分からなかったが、旺柳と彼は仲がよいみたいで、よくひそひそと話していた。

　そして面談では、主に翡翠が話を聞き、旺柳はその補佐役となることを決めた。佳耀は書記を引き受けてくれた。

　準備万端整えて待っていたのだが、どんなに待っても誰もやって来る気配がない。

「あのね……翡翠、言いにくいことだけれど」

「分かっているわ、きっと私に話を聞いて欲しいなんて人はいないのね」

　本当は薄々気付いていた。先日のあの様子で、翡翠に素直に従う者なんていないだろう、と。長い物には巻かれろ、が合い言葉であるような後宮である。翡翠が無理に後宮始末官としての仕事を始めようとしても、それをおいそれと認める者などいないということなのだろう。

「そのね、他の女官たちに聞いたんだけれど、どうも後宮始末官という立場が、反感を買っているようで」

「そうね……それに、下級宮女である私に話しに行きたいなんて人はいないんだわ。でも、後宮から出て行きたいって考えている人はいるはずよ。その行き先については管理することになってるから、申告に来る人はいるかと思っていたのに」

　許可書なく後宮から出て行くことは許されない。逃亡と見なされて、皇城を守る警備兵に捕まって投獄されることになるかもしれない。

　後宮を出るためには後宮始末官直筆の『後宮出立許可状』が必要であることは皆に知ら

せていた。それは皇帝《みかど》が決めたことで、皇城内にも周知されていると聞いた。

「お達しが出ているようね、後宮始末官には従わないように、と」

佳耀の言葉に、旺柳が異を唱える。

「もう後宮内の身分はなくなったんだ。誰が誰のお達しに従うっていうんだ?」

「そう簡単なものではないのよ、長年染みついているものだから」

翡翠が言うと、旺柳はそのようなものか、と不満げに言いながらため息を吐き出した。

三人で顔をつきあわせているだけで時が経ち昼を過ぎても誰もやって来る気配はない。

旺柳はきっと忙しいだろうに時間を作って来てくれたのだ。今日はここまでにしてまた明日、と言いかけたときだった。

「あの……いいですか?」

ひとりの女性が扉を少しだけ開けてこちらに話しかけてきた。もちろん、と応じると周囲の様子を気にしてから、素早く部屋に入ってきた。

「あの! 私がここに来たことはどうか内密に!」

早口で言って、空いていた椅子に腰掛けた。

彼女には見覚えがあった。確か、橘徳妃の侍女であった。先日の話し合いの席で、私たちに出て行けなんて乱暴なことは許さない、と言っていた。

一番に乗り込んできて、こんな面談をしても無駄だと言うつもりなのか、と身構えたが、そうではなかった。

「ねぇ！　ここで言ったことは他には漏らさないって本当なの？」

開口一番、興奮した様子でそう迫った。

「えっ、ええ、もちろん。そのためにひとりひとり話を……」

「私は実は実家に帰りたいのよ！　そう、今すぐにでもね！」

あまりの迫力に椅子から転げ落ちそうになってしまう。彼女の顔は真剣そのものだ。

「でも、橘徳妃様の手前、そんなことは言えなくて困っていたの」

主人が黒と言えば白いものでも黒である後宮で、仕えている者が自分の意思を示すのは難しい。

「実は、実家の母が具合を悪くしていて。もともと身体が弱い母だったのだけれど、今度こそいよいよ危ないかもしれない、という文を受け取って」

侍女は目元の涙を拭った。かなり思いつめている様子だ。

「橘徳妃はさほど悪い噂《うわさ》を聞かないわ。事情を話せば、分かってくださると思うけれど」

「ええ、そうね。橘徳妃様はそうかもしれないわ。話が分かるよい主人だから。でも、周りの侍女たちは違うわ。そんなよい主人に仕えているから余計に、侍女たちの結束が固いのよ」

「もう後宮はなくなることになって、妃嬪《ひひん》もその身分をなくしたのだから、仕えていた妃嬪の顔色を窺《うかが》うことはないと思うのだけれど」

　旺柳が口を挟むと、侍女は首を横に振った。

「後宮のことをあまり知らないからそう思われるのかもしれないけれど、そう簡単に割り切れるものではないのよ。翡翠、あなたも長年後宮に居るのならば分かるでしょう？　そんな一筋縄でいくようなところではないわ」

「では、私から橘徳妃に話してみようかしら？」

「そこまでしてくれなくても大丈夫よ。私はこっそりと夜の内に発《た》つから、それを見逃して欲しいだけ。あと、後宮始末官の許可書がいるんでしょう？　それが欲しいわ」

「そうね、そういう事情なら一刻も早く実家に帰った方がいいわ。後のことはすっかり私に任せて」

「ありがとう。じゃあ……」

「ちょっと待って」

　そのまま話が終わりそうなところで、旺柳が口を挟んできた。ふたりとも彼へ視線を向けた。

「実家に帰りたいというのは分かったけれど、ちゃんとたどり着ける？」

　旺柳がなにを言っているのか分からず、翡翠はぽかんと口を開けてしまった。侍女も同様だ。

旺柳は続けて畳みかけるように言う。

「実家は近くにあるの？　道順は分かる？　君はどうやら妃嬪付きの侍女という、後宮の中では高い身分だったようだから、元はよいところのお嬢様だったんじゃないかな？　そうなると後宮へやって来るときも、誰かに連れて来てもらったんじゃないの？　ひとりで帰れる？」

「え、ええ……確かに。勢いですぐにでも帰るつもりだったけれど、従者もいないのに無事にたどり着けるかどうか分からないわ。家までは馬で二日よ。歩いてはとてもたどり着けない」

「では、まず実家に文を出してはどうかな？　後宮からは出られることになったから、誰か迎えを寄越してくれないかって。女性ひとりでは道中物騒だよ。今は皇帝が代わったばかりという事情もあって、ならず者が多い。そんな者に騙《だま》されて、売り飛ばされてしまうかもしれない。急ぐ気持ちは分かるけれど、それが一番いい方法だ。どうだろう？」

侍女は少し迷ったような顔をしてから、旺柳に頷《うなず》き返した。

旺柳の言う通りだ。やはり翡翠も、後宮に長く暮らして市井のことには疎くなってしまっていた。そのようなことは思いつきもせず、配慮が足りなかった。

「それまでに、私から橘徳妃にも話してみるわね。侍女にもそれぞれ事情があるから、どうかそれを認めてあげて欲しいって。長くお世話になったところだから、できれば夜逃げみたいなことはしたくないでしょう?」

「そうね……確かに。できれば、みんなにきちんと挨拶してからここを離れたいわ。でも……」

「なにか気になることでもあるの?」

「ええ……。橘徳妃様は、どうあっても後宮を離れるわけにはいかないと頑《かたく》なで。橘徳妃様が後宮に来る前から仕えている侍女が、ご実家に帰るようにとどんなに勧めてもそれを断って……。橘徳妃様はご実家との縁が深く、こんなことがあったら真っ先にお帰りになると思っていたのに」

「そこまで、後宮に思い入れがあるということなのかしら?」

「ええ、恐らくはそうなのでしょうね。一度後宮入りしたのならば、そこに骨を埋《うず》めるべきだと考えているようで……。処刑されるという話が出たときにも、動揺するそぶりなどまるで見せずに、受け入れるより他にないというようにおっしゃって。橘徳妃様のお心を変えるのは、なかなか難しいことのように思えるわ」

翡翠は旺柳と顔を見合わせた。

どうやら橘徳妃を後宮から出るようにと説得するのはかなり難しそうだ。だが、侍女のことは許してくれることを願う。

彼女は、ではまずは文を出してみますと言い残して部屋から出て行った。書記役の佳耀に、今のことを書き留めておくように頼んだ。

初日はそのひとりで終わりそうだった。

後宮人は千人以上もいる。こんな調子で大丈夫なのだろうかと不安になってしまう。

「大丈夫だよ、翡翠。まだ初日だ。どんな様子か分からずにみんな躊躇《ためら》っているのだろう。明日からはきっともっと来てくれるよ」

旺柳の慰めの言葉は嬉《うれ》しいが、なにかの手を打たないと難しいなと翡翠は考えていた。

「あの……このことを皇帝に報告する？」

「え？　どうしてそんなことが気になるの？」

「だって、これは後宮人たちが皇帝の意に反していると捉えられてしまうかもしれないでしょう？　そうしたらやっぱり処刑にしようって気を変えてしまうかもしれない」

「大丈夫だよ、心配しないで。俺は、翡翠が悲しむようなことはしないから」

旺柳は翡翠の肩に手を置いた。

その言葉を信じていいのだろうか。いや、もちろん旺柳のことは信頼しているが、決定権は冷酷無比な陽光皇帝にあるのだ。余計なことを言って、旺柳にも累が及ぶようなことになっては、と考えていたとき。

「あれ？　もしかしてもう終わりなの？　せっかく来たのに？」

突然扉が開いたかと思ったら、よく見知った顔が部屋に入ってきたので、翡翠は脱力してしまう。

「ひとりずつ面談してくれるんでしょ？　俺の話も聞いてよ」

そう言いながら部屋の中央の椅子に座り、偉そうに足を組んだのは、言うまでもなく稜諒《りょうりょう》だった。

「ねぇ、翡翠、これ、誰？」

旺柳がひそひそ声で聞いてくるが、この小さな部屋では全員に丸聞こえである。

「ああ、こちらは稜諒。宦官《かんがん》で、仲良くし……いえ、別に特別仲がいいわけじゃないわね。お世話に……なった覚えもないし、ときどき首を絞めたくなることもあるけれど、そんなことで自分の人生を終わりにするのはあまりにも惜しいから思いとどまっている……」

「この通り、とても仲のよい友人です」

にっこりと笑った稜諒に対して、旺柳は苦虫を噛《か》み潰したような、とても嫌な表情をした。

「……後宮に居るというから、そっちの方は安心していたのに……」

「え？　なに？　旺柳？　なにか言った？」

「いや、なんでもない。宦官とは、みんな彼のような者なのか？」

「いえ、人類の中でも稜諒のような人は希有《けう》だと思うけれど」

「俺が得がたき人だなんて。いやあ、そんなに褒められても」

「まったく褒めていないけれど。曲解も甚だしいわ」

そんないつもの会話をしている間にも旺柳がすごい目つきでこちらを見ているのが気になったが、きっと変人の稜諒に呆《あき》れているのだろうと理解した。

「ええっと、もう終わりにしようと思っていたところだけれど、いいわよ。話を聞いてあげるのもやぶさかではないわ」

「そんなに強がっちゃって～。閑古鳥が鳴いているって噂になっているよ」

「いいのよ、初日なんだから、こんなものよ！　ねぇ、旺柳！」

「あ、ああ……そうだね」

なぜか旺柳は心ここにあらずといった様子で、稜諒のことを見ている。いや、睨《にら》んでいると言った方がいいかもしれない。ふたりが知り合いのはずはないし、旺柳が嫌いな人が稜諒に似ているのかな、と考えた。

「ええっと、さっさと終わらせましょう。稜諒は一体どうしたいの？」

「うぅん、やっぱり俺たち宦官も出て行かないといけないのかな？」

「それは……後宮に住まう者は全員、というお達しだから」

「ちょっと不公平だと思わない？　後宮付きの宦官は出て行けと言われているのに、内廷付きの宦官は別に出て行けとは言われていない」

後宮の女性は後宮外に出ることは許されていなかったが、宦官はそうではない。皇帝が執務を行う青鷺宮《せいろきゅう》や他の宮と自由に行き来している宦官もいた。そのような者は、今回後宮人とは見なされていないのだ。

「それは私たちも同じよ。宮殿内で炊事や洗濯に従事していた宮女は出て行けと言われていないのに、後宮の宮女というだけで殺されそうになったり出て行けと言われたり」

「なるほど、それはそうか。じゃあ、受け入れるしかないのかぁ」

稜諒はあっさりと応じる。

「でもさ、俺たち宦官に急に出て行けなんて言われても困るんだよな。後宮や皇城以外で生きる術《すべ》なんてない。そりゃ、殺されるよりはいいんだけどさ」

確かに稜諒の言う通りだった。

後宮や皇城以外には宦官はいない。宦官は皇帝に仕えるために作られた者と言っても過言ではないのだ。

「頼るような親戚もいない者がほとんどだ。家族や親族が罪を犯したとばっちりで宮刑に処された者がほとんどだからね。頼れる親族がいたとしても、恐らくは邪魔者扱いされるだろうな」

「後宮を出て、宦官であることを隠して生活するとか……」

「そう上手《うま》くいくかな。望んだような職があるとも限らない。普通の男のような腕力はないし、女性がやるような仕事を得るのは難しいだろうし」

「そうよね……」

　これは難題にぶつかった。宦官が市井で受け入れてもらえるかどうか、分かる者は誰もいない。

「だからさ、やっぱり後宮にいる全員を出て行かせるのは無理があると思うんだ。どうしても行き場がない者はいる。その受け皿も考えてもらわないと困る。俺はそれを言いたくて、それで来たんだよ」

　これだから稜諒は油断ならない。自分勝手で周囲のことなどなにも考えていないようで、実はそうではない。他の宦官では言いづらいことを、わざわざ言いに来てくれたのだろう。

「宦官たちの事情は分かったわ。それはさておき、稜諒自身はどうしようと思うの？」

「え？　俺？　そうだな。放浪の旅にでも出るかなー。後宮から出たら行きたかった場所があるんだ」

「そうね、稜諒だったらどこでも生きていけそう」

「ただし、そうじゃない者もいるってことは知っておいて欲しいんだ。特に君に」

　そう言いつつ、稜諒は旺柳の方を見た。

「え？　俺に？」

「そう。こともなげに、皇帝の命令だからと後宮を廃止するなんて言っているけれど、そう簡単には運ばないってこと。君も皇帝に口添えしたんだろう？　後宮に居る者を残らず処刑する方がずっと楽だったのに、楽でない方法を勧めた。そう提言した責任は取ってもらわないと」

「なるほど。分かった、皇帝にもそう申し伝えることにする」

「皇帝に、ね。ああ、それがいいだろうな」

稜諒は意味ありげに言って、用事は済んだとばかりに部屋から出て行った。

「駄目よ、皇帝にそんなこと言ったら。やっぱり全員処刑するか、なんてことになっちゃうかもしれないわ。私がなんとかするから！」

翡翠は必死に言うが、旺柳はああ、と生返事で答えるのみだった。

そうして初日が終了し、明日もこんな調子だったらなにか対策を練ろうと話し合って、その日は解散になった。ふたりから話を聞いただけなのに、部屋を出てから翡翠はずいぶんとお腹《なか》が空いていることに気付いた。

「旺柳も今日はゆっくり休んで、ご飯もちゃんと食べないと駄目よ。疲れて食欲がないなんて言わないで。いくら読んでいる本の続きが気になるとしても、夜更かしも駄目よ」

「そんな小さな子供じゃないんだから、大丈夫だよ」

「それじゃあ、明日からも来てくれるのよね？　頼りにしているわ」

「ああ、翡翠、そのことなんだけれど……」

「今日は旺柳がいてくれて本当に助かったわ！　私ひとりだったら上手く話が聞けなかっ

たかもしれない。……それで、なにか言いたいことでも？」

「い、いやっ、なんでもない。じゃあ、また明日……」

「ええ！」

翡翠は旺柳を東翔門《とうしょうもん》まで見送っていき、その背中が見えなくなるまで手を振った。旺柳はときどき立ち止まり手を振り返してくれたので、一層大きく手を振った。

そうして彼の姿が見えなくなったとき、いつの間にか隣に立っていた佳耀がふぅっと息を吐いた。

「彼が翡翠の婚約者の旺柳なのね？　確かに聞いていた通り賢くて凛々《りり》しくて優しくて、非の打ち所がないような人に思えるわね」

「やっ、やーね！　違うわよ！　婚約者じゃなくて、元、婚約者よ！」

今までは意地を張って旺柳のことを婚約者だ、と言っていたが、本人がこうして現れた以上、婚約破棄した覚えはないから婚約者だと言い張るのはずうずうしい。きっと旺柳には別の婚約者がいるか、もしかして既に結婚しているかもしれない。それを聞けないのは……事実を知るのが少し怖いからだ。

「でも、翡翠の方には婚約破棄した覚えがないんでしょう？　だから、今も婚約者だって自分で言っていたんじゃない？」

「それは……だって、まさか彼がこちらに来るなんて思っていなかったんだもの。後宮入りするってことは、もう結婚はできない、婚約は破棄、ってことに決まっているじゃない！　常識、常識！」

「……。ふーん」

佳耀のじっとりとした視線が突き刺さる。

婚約者である、と強がっていた頃の自分を思い出すと恥ずかしい。過去に戻れるのなら、なんてずうずうしいことを、と、自分の口を両手で塞ぎたい気持ちだ。

「でも、彼の方はまだ婚約者だと思っているみたいだけれど？」

「え？」

「だって彼、翡翠のことが好きでしょう？　翡翠のことが好きだから、翡翠に会いたいから、翡翠を後宮から救うために反乱軍に加わったのではないの？」

「ええ？　まさか、そんなことないわ。だって、彼は私のことを死んでいると思っていたんだもの」

そして佳耀に事情を説明した。

翡翠の家族が旺柳に、翡翠は死んだのだと告げたこと。恐らくは家族は旺柳に気を遣ってそう告げたのだろうということ。

「故郷には文を出さないようにしていたから、余計にそう思わせてしまったのかも」

後宮で翡翠は字が書けなくなってしまったと思わせていたから、代筆を頼まなくてはいけなかった。それが申し訳なかったということと、もう帰れない故郷に自分は元気だと文を書くのは辛《つら》かったことで、ここ数年文を出していなかった。向こうからも文が届かなかったので、それでいいのだと思っていた。

「ええ、そうね。翡翠のご家族が、婚約者である旺柳のことを気遣ってそのような嘘《うそ》をついたのなら、その気持ちは分かるわ。それより旺柳は皇帝の側近だということだけど、どういう身分にある人なの？」

「身分……？　どうしてそんなことを聞くの？」

「だって……」

佳耀はからかうような含み笑いを浮かべた。

「翡翠は後宮始末官として仕事を立派に終えたら、旺柳と結婚するつもりなのでしょう？　だったら身分が高い人と結婚できた方がいいでしょう？……いえ、あまり身分が高すぎると、地方の豪族の娘である翡翠とは釣り合わないということになってしまうかしらね？　でも、そこはなんとか押し切る形で！」

「やだっ、そんなんじゃないわよ！」

そうは言いつつ、耳の先まで真っ赤になってしまった。心のどこかで、そうなったらいいなと思っているのだろう。

「そんなことより、疲れたわ。早く厨房《ちゅうぼう》へ行ってなにか食べるものを確保しなくちゃ！

最近、食料庫が開放されたからってみんなが食べ過ぎて、食料がなくなりかけているって噂《うわさ》よ！」

翡翠は駆け出し、佳耀はその後をゆっくりと歩いてくる。

空は茜色《あかねいろ》に染まりつつあった。明日も旺柳に会えるかと思うと心が躍る。もう婚約者でなくなったとしても、好きだという気持ちを消すことはできないのだから仕方がない、と翡翠は心の中で言い訳をしていた。

「旺柳様……明日は大切な会議があったはずですが、またあちらへ行くつもりなのですか？」

後宮から青鷺宮へと戻る途中で、警備兵は旺柳へと話しかけた。青鷺宮へ近づくにつれて、旺柳の警備兵が増えていく。後宮へ入るときの警備兵はひとり、それ以外は六人の警備兵が付くことが決められている。

「分かっている、分かっているが、言い出せなかった。あんなに俺を必要としてくれているのに」

「分かります。あの翡翠とかいう女……いえ、翡翠殿は、とても旺柳様を頼りにされていて、旺柳様がいなければ職務が遂行できないかもしれません」

「そうだろう！」

旺柳は勢いよくこちらを振り返り、力強く頷《うなず》いてみせた。

「いや、でも、翡翠はとてもしっかりした女性だ。俺がいなければいないなりに、務めてくれるに間違いないのだ」

「でしたら放って……いえ、お任せしたらいかがでしょうか？　あんな仕事、旺柳様がかかわる必要もな……いえ、旺柳様には他にも大切なお仕事がたくさんあります。時間の配分というものを少しお考えになっては？　自分のような者が差し出がましいですが、どうしても気になってしまって」

恐縮した口調でそう言うと、旺柳はひとつ頷いた。

「確かにその通りだ。もちろん翡翠のことが一番だが、だからといって他を疎《おろそ》かにするわけにはいかない」

（これを秀亥《しゅうい》様が聞いたら、どのようにおっしゃるだろうか）

ついつい秀亥のことを気にしてしまう。今日後宮に行ったことも、秀亥には皇城の周りを視察に出掛けると告げていた。真実を知ったら、いつも冷静な秀亥でも激怒するのではないだろうか。これから新たな世を作って行こうという皇帝と宰相が、仲間割れするなど避けたい事態だ。

旺柳と秀亥は、周りから見てもこれ以上ないくらい、よい相棒に思えた。

ふたりとも容姿が整っており、背が高く、立っているだけでさまになる。立ち居振る舞いも美しい。ふたりが率いてきたから、寄せ集めの反乱軍も結束が固く、皇帝を討伐するという大仕事を成し遂げられたという事情もある。

そんなふたりが仲違《なかたが》いするようなことはあってはならない。

「で、では、旺柳様が後宮にいらっしゃらない時には、私が代わりに行ってなにがあったか報告します。もし、後宮の誰かが翡翠殿に危害を与えるような気配がありましたら、お守りいたしますし」

「そうしてくれると嬉《うれ》しい。確かに言われてみれば、後宮の中には後宮始末官を快く思っていない者が多い。翡翠になにかあってはいけない！」

「ええ、そうでしょう！　そのお役目、ぜひ私にお任せください」

「ああ、なんと心強い！　頼んだ！」

旺柳と警備兵はがっしりと握手をした。

ああ、敬愛する旺柳様からこんな信頼を寄せられるなんて……天にも昇るような気持ちだった。

＊

「え？　旺柳は今日はこちらへ来ないの？　昨日、約束したのに？」

翡翠は不満を隠さずに警備兵へと迫った。彼はむっと顔をしかめて、生意気な小娘が、とばかりに声を荒らげる。

「旺柳様は忙しいのだ！　こちらのことにばかり構っていられない。今日は陽光皇帝から急な用事を言いつけられて、どうしても来られなくなった。用事が終わり次第、こちらに駆けつけるとはおっしゃっていた」

「……そうなのね」

酷《ひど》くがっかりした表情で唇を尖《とが》らせた翡翠だったが、すぐに気持ちを切り替えた。

「まあ、それはそうよね。旺柳は好意で、あくまでも補佐をしてくれているという立場だもの。他にもするべきお仕事があるならば、仕方がないわ」

「え……」

警備兵は酷く驚いたような表情となり、身体《からだ》を一歩後ろに引いた。どうしてそんな反応をするか分からず、翡翠は首を傾《かし》げる。

「旺柳様がいなければ、なにもできないなどと言い出すかと思っていた……」

「いえいえ！　まさかそんな。確かに旺柳がいてくれればとても助かるし心強いけれど、後宮始末官は私が引き受けたことだもの。最初はいやいやだったけれど、しっかりと責任を持ってやっていこうと思うわ」

翡翠がそう言い切ると、警備兵はなにか珍しいものでも見るような顔つきになった。

（なにかしら？　私が旺柳に頼りきりで、彼がいなければなにもできない女と思っていたのかしら？　後宮にいる女なんて、働きもせずに着飾って、皇帝のご機嫌だけをとっていればいいとでも勘違いしているのかもしれないわね）

後宮とひとくちに言っても、住んでいるのは妃嬪《ひひん》とその侍女だけではない。後宮内にはさまざまな仕事がある。

後宮では総務的な仕事をする尚宮、礼楽に携わる尚儀《しょうぎ》、衣服に携わる尚服《しょうふく》、食事に携わる尚食《しょうしょく》、居住空間に携わる尚寝《しょうしん》、工芸に携わる尚功《しょうこう》の六尚《ろくしょう》に分けられて職務に従事していた。また、それとは別に宮正《きゅうせい》という、後宮内の不正を取り締まる仕事もあった。

後宮という組織として機能していて、翡翠たちはそれに属しているのだ。

「そ、そうか。それならいいが」

「ええ、戻って旺柳に伝えて。こちらは大丈夫だから、心配しないで、と」

「いや、俺は旺柳様からお前を見張るようにと言われている」

「え？　見張るって？」

「そういうことだから、夕方まではここにいる」

彼はそう言い切り、昨日と同じように面談が行われる部屋の外に立ち、鋭い目つきで周囲を警戒し始めた。

（もしかして私、旺柳に信頼されていないのかしら……？）

それは心外である。

と思いかけたが、旺柳は故郷に暮らしているときの翡翠しか知らないのだ。故郷では豪族の娘として多くの使用人に世話をされる生活をしていたので、後宮にやって来てから荒波に揉《も》まれて頼もしくなった翡翠のことは知らなくて当然だ。

こうなったら、旺柳の信頼を得るためにも頑張らなければと気合いを入れて、面談に臨んだ。

昨日と同じように佳耀に書記を頼んでいた。彼女は翡翠が部屋に入ると既に定位置に座っていた。

「……聞こえていたわ。今日は旺柳は来ないのね」

佳耀の言葉に、翡翠は頷いてから椅子に腰掛けた。

「ええ、そうなの」

「残念ね、彼と一緒に今後の対応策を考えたいところだったのに。今日は何人来ると思う？」

「うぅーん、ひとりでも来たら御の字かしら？」

「先は長いわね」

そして翡翠の読み通り、というべきか、面談に訪れる者の気配はまるでなかった。

部屋の外が騒がしくなり、なにごとかと席を立ったのは、昼近くになってからだ。

「邪魔するよ」

翡翠が外の様子を確かめようと扉を開けようとしたところで、向こうから扉が開いた。

そして、そこに立っていたのは寿黄と彼女の従者たちであった。

五人ほどで話し合うのに適した部屋、に寿黄と合わせて七人が入って来た。ぎゅうぎゅうで、息苦しくなる。

「一応言っておいてやろうかと思ってね。私たちはこれから皇帝のところへ行ってくる」

「え……？」

「これは後宮の総意だ、後宮を廃止するなんてとんでもない。私たちを追い出そうったってそうはいかないよ。そう言ってやるんだ」

寿黄は鼻息荒く言い、彼女の従者たちは力強く頷いた。

「そ、そんなことをして大丈夫でしょうか？」

「なにを言ってるんだい？　あんただってそうやって抗議に行ったんだろう？」

「それはそうですが……」

「それに、これはなにも思いつきの勢いで行くんじゃない。後宮の代表として、こちらの意向を伝えに行くんだ。橘徳妃の許可も得ている。橘徳妃は、今居る妃嬪の中で一番尊い身分であるからね」

橘徳妃という後ろ盾を持ったことで、寿黄は調子に乗っている……いや、自信を得たようだ。

「こんな面談なんて、やっても無駄だよ。お前は今日にでもその任を解かれることになるだろう」

「は、はあ……あの……行くならお気をつけて……」

そう言うより他なかった。なにを言っても無駄であろうから。

そして寿黄は意気揚々と行ってしまった。その背中を、どうか幸あれと見送るしかできない。

「大丈夫かしら、寿黄様……」

佳耀も心配そうな表情だ。

「ええ。私は勢いで行ってなんとかなったけれど、陽光皇帝は前皇帝の一族を一晩のうちに殺害し、後宮人を残らず処刑しようとしていたことを忘れているんじゃないかしら？」

「大きな態度に出て、反感を買わないか心配だわ」

その心配の通り、寿黄たち一行は陽光皇帝、あるいは彼の重臣の反感を買ったらしい。

皇帝に会うどころか、青鷺宮を取り囲む高い壁に沿って一列に並ばされ『陽光皇帝が決めたことに不満がある奴は挙手せよ。この槍《やり》で喉を一突きにしてよいと許可を得ている』と警備兵に言われ、尻尾を巻いて帰って来たらしい。

よほど怖い思いをしたのか寿黄は部屋に閉じこもってしまい、しばらく食事も従者に運ばせて、外には出てこないそうだ。

＊

「そうなんだ、そんなことがあったんだ」

面談の三日目である。

その日は朝から旺柳がやって来た。昨日は仕事を終えたら来ると言っていたのにごめんね、と謝られた。それから、昨日の顚末《てんまつ》を話すと呆《あき》れたように嘆息した。

「もう決定したことなのだから、素直に受け入れてくれたらいいのに」

後宮の人たちにとってそう酷い決定だとは思えないのだけれどな、と旺柳は不満げな様子だ。

「それにしても、壁に沿って一列に並ばせて槍で突こうなんて酷いやり方よね」

「ああ、そうなんだよね、困っているんだ。ちょっと適当に脅かしておいて、と言っただけなのに酷いやり方をして……」

「え？」

「え？」

ふたりで見つめ合い、しばし固まってしまう。ぴゅ〜っと寒風が吹き抜ける。

「ああ……びっくりした。その場に旺柳も居たってことね」

翡翠はほうっと胸をなで下ろした。一体どういうことかと考え、そのようなことだろうと勝手に理解したのだ。

「そうそう、そうなんだ。皇帝って大変だと思うよ……。何気なく言っただけでもいきすぎたことになることがあって」

それから、昨日の面談のことを聞かれたが、それはあまり話したくない結果で、来てくれた人はひとりもいなかった。

翡翠は咎《とが》められるかと思っていたが、旺柳は少しも責めたりはせず、今日は自分がいるから今日から頑張ろう、なにか対策を練った方がいいかもね、と言ってくれた。

「とはいえ……昼過ぎにはまた戻らないといけないんだけれど」

「そうなのね。お仕事大変なのね」

「玄大皇帝が残した問題も解決していかなければならないし、新しい大臣も任命しないといけないし、その下に誰をつけるか、だとか。玄大皇帝に仕えていた者たちの処遇をどうするか、有能な者は召し抱えたいがどうするべきか、だとか。問題が山積みなんだ」

旺柳は側近としてかなり皇帝に近いところで働いていることを窺《うかが》わせた。そうなると、元後宮で働いていた女性や宦官《かんがん》を皇城内のどこかで、という交渉は、後々旺柳がしてくれるかもしれないと期待したが、それはそれとして、こちらはこちらでできることをやらないといけない。

「さて、今日は何人来てくれるかしら?」

翡翠がやや投げやりに言うと、佳耀も旺柳も苦笑いになった。

だが、予想に反して早くも扉が叩《たた》かれた。

喜ぶのはまだ早い。また誰かが文句をつけに来たのかもしれないと思ったが、そうではなかった。

「あの、私、お話を聞いて欲しくて」

そう言って入って来たのは、女官姿の女性だった。落ち着きなく部屋を見回してから、中央の椅子に腰掛けた。

「寿黄様が酷い目に遭ったと聞いて……」

「ああ、それで……」

抗議しても無駄だと気付いて、重い腰を上げて来てくれたのかと思ったのだが。

「ざまあみろと思ったのよ。なにが後宮には誰一人、後宮の廃止に賛成している者はいません、よ。こんなところ、出て行けるものならば出て行きたい者がほとんどよ！　上の人は全然そういうことを分かっていない。皇后様亡き今、なにがあっても後宮は守るべきだ、なんて。ついて行けないわよ」

しばらくその女官の愚痴が続いた。

どうやら、寿黄は後宮から立ち去ることを是としないことについて橘徳妃の賛同を得られたのをいいことに、周囲に働きかけをしたらしい。後宮から出て行くことはまかりならぬ、後宮はこのまま維持できるよう皇帝と直接話をしてくる、それまで勝手な行動をすることは許さない、と。それは強要したといってもいいもので、逆らえば後宮内にある牢《ろう》に繋《つな》ぐと脅したようだ。

後宮から出て行くことに賛成していた勢力もとりあえずは静観することになり、それで翡翠の元には誰も来なかったとの事情のようだった。

「私は、今すぐにでも後宮を出たいのよ。私が仕えていた方は……もう亡くなってしまったから」

彼女は元は皇后に仕えていた女官だったのだ。今までは皇后付きということで居丈高な態度に出ることもあったが、皇后が処刑されてしまった今、後宮の中で肩身の狭い思いをしていると語った。

「主が処刑されたのだから、仕えていた者はそれに殉じて命を絶つべきだろう、なんて言う人も居て。そんなの冗談じゃないわ」

身分の変化があったことで、今まで支配される側として苦しめられていた者が、復讐《ふくしゅう》の気持ちもあってそんなことを言い出すのだろうか。

「でも行く当てがなくて。実家には事情があって戻れないから、後宮を出てどなたかに仕えることはできないかしら、とは思っているのだけど」

「そうね。元は皇后に仕えていた、ということを売り文句にすれば、雇いたい、という方は居るように思えるけれど」

「私もそう思うの！　あなたが、その勤め先を探してくれないかしら？　後宮始末官って、そういう仕事なんでしょう？」

言われてみれば、それも後宮始末官としての仕事になるような気がする。

「ええっと……、でも、今すぐには当てがないかも。まずは、自分で行き先を探すのがいいように思うわ。親類や知り合いに聞いてみるとか」

「なによ、後宮始末官なんて口だけね」

「うぅ……ごめんなさい……」

確かにそのような役割をできてこそ、後宮始末官であると言えるだろう。だが、そんな世話をできるほど、翡翠には知り合いがいない。

「まあ、いいわ。当てもないまま放り出されるよりずっといいから。そうね、私の伯母さんが商人に嫁いだから、顔が広いかもしれない。伯母さんに文でも出してみることにするわ。でも、あなたの方でもし当てが見つかったら教えてくれる？」

「ええ、もちろん」

「それじゃあ、頼んだわね」

彼女が出て行くと、翡翠は旺柳へと助けを求めるような視線を送ってしまった。

外界からは切り離された後宮に住まう者が、出て行く先を見つけることはかなり困難だ。こちらが働き先を世話するようなこともしなければならない。

「後宮人たちの行き先を決めるのはかなり難しいとは、最初から分かっていたことだから。まずは、どの程度の人たちがそのような希望を持っているのか聞くことからはじめよう」

「そうね……。順を追っていくことにしましょう」

翡翠は気合いを入れるように両頬をパンパンと叩いた。

それから、寿黄のことがあったからなのか、ぽつぽつと人がやって来た。

先ほどの女官のように仕える先を探して欲しいという要望を訴える者もいたが、それ以上に大変そうな要望を言う者もいた。

「後宮から解放されるのならば、私はどなたかと結婚したいのよ！」

そう訴えたのは、妃嬪《ひひん》の中では身分が低い、御妻《みめ》の位にある女性だった。

「後宮入りしたはいいものの、皇帝には見向きもされなかったのだから。私を娶《めと》ってくれる男性はいると思うの！　私が生娘であることは、記録を調べてもらえれば分かるでしょう？」

「生娘……？　記録？」

旺柳が目を白黒させながら呟《つぶや》く。

まさか生娘の意味が分からないわけがないだろうが、記録、というところは知らないかもしれないと思い、補足する。

「その、皇帝のお声がかかって一夜を共にした女性については、その名前と日時を記録する係がいるのよ。懐妊したときに、間違いなく皇帝の子であることが分かるように」

「ああ、なるほど」

「そうよ。そういう女であることのお墨付きをもらえれば、結婚は可能でしょう？　私、本当は後宮になんて入りたくなかったの。裕福でなくてもいい、優しい夫の元へ嫁いで、子を作りたかった。それが父親の命令で、仕方なく後宮入りしたのよ。私はまだ二十二よ、まだ充分誰かに嫁げる年齢だわ。実家は当てにならないから……ねぇ、誰かいい人がいないかしら？」

すがるような瞳で言い、翡翠の手をぎゅっと握ってくる。

そう言われても翡翠としても心当たりはない。まずは自分の親族に頼んでみるのがよいとしか言えなかった。

　そして、自ら話してくれる者はいいが、わざわざ面談にやって来たというのに自分からはなにも語らない者もいた。部屋に入ってきて、椅子に座ったまま、名乗らずにじっと床を見つめているのだ。まだ若い女性で、確か厨房《ちゅうぼう》で働いていた。

「ええっと、彼女はこちらに話があって来たんだよね？」

　旺柳がひそひそ声で聞いてくる。

「そのはずだけれど。きっと恥ずかしがり屋さんなのよ。彼女から話し出すまで待ちましょう」

　しかし、しばらく待ってみても彼女はじっと床を見つめたまま、顔も上げようとしない。このままでは日が暮れてしまいそうだったが、幸い次の人は来ていないようだから、じっくり待とうかと思っていたのだが。

「あの、黙っていてはなにも分からないんだけれど？」

　しびれを切らしたらしい旺柳が言うが、翡翠はそれを押しとどめるようにしてから言う。

「話す気になるまで無理に話さなくてもいいのよ。ええっと……確か小由《こゆう》……さんよね？竈《かまど》の番をしているのを何度か見かけたことがあるわ」

　翡翠が言うと、彼女はゆっくりと視線を上げた。

「……え？　私の名前を知っているの？」

「ええ、私は後宮守だから、後宮にいる人たちの顔と名前は一通り知っているわ。不審者なのか後宮人なのか、見分けがつかないと警備なんてできないから」

そう説明すると、小由は突然身を乗り出し、翡翠の手をがしっと握ってきた。

「そんなっ！　私の名前を知っていてくれたなんて感激だわ！　後宮始末官って……後宮の身分の高い人たちの世話をするのが主で、私たちみたいな下働きなんて、結局はさっさと出て行けと追い出されるだけだと思っていたわ」

「そんなことないわよ。私だって、元は下働きの下級宮女だし」

「よかった、翡翠さんみたいな人が後宮始末官になってくれて！　私みたいな、身分が低い宮女の話も聞いてくれるのか尋ねようと思って来たんだけれど、いざとなったら言い出せなくて」

「そんなに萎縮する必要はないわ。後宮に住まう人ならば、誰からでも話を聞くわ」

「そのようね！　私たちの希望もちゃんと聞いてくれるみたいって、みんなにそう伝えて来るわね！」

そう言って翡翠から手を放して立ち上がり、部屋を出て行こうとしたので慌てて呼び止める。

「ええっと、それであなたはこれからどうしたいと思っているの？」

「まだ決めていないわ。これから考える」

この部屋に入ってきたときには硬い表情で、人と話すのは苦手なのかと思っていたのに、出て行くときには一転笑顔で、その差に驚きつつも彼女を見送る。

他にも面談した結果、自分がどうしたいのか分からない、という者が何人かいた。ゆっくり考えればいい、とは告げたが期限は一年と決められている。しかし、急《せ》かすようなことはしたくないので、翡翠はわざと期限は告げていない。

「やはりさっきの女性が言っていたみたいに、翡翠が後宮始末官となったのは正解だったね。後宮内である程度の身分を持ったような人相手だと、自分の思うところを全ては話せないだろう。たとえ後宮内での身分などなくなった、とはいえね」

「そうなると私を後宮始末官とした皇帝の手腕を認めるようで、悔しいけれど」

「う、うん……。そうだね」

なぜか苦笑いの旺柳を気にしつつ、佳耀の方を見ると、彼女はゆっくりと首を振った。

旺柳は皇帝に仕えているのだから、あまり皇帝の悪口のようなことを言うべきでないというのを忘れていた。佳耀には、それを咎《とが》められたような気がした。

「ま、まあ、陽光皇帝には見る目だけはあるってことね。それだけは認めてあげてもいいわ」

しかしやはり翡翠の中では未《いま》だに逆賊である陽光皇帝を認めるのは悔しくて、結局はそう言うに留《とど》めた。

＊

面談はおおよそ順調にすすみ、問題が発生したのは旺柳がいない七日目のことだった。

「……まったく、こちらからせっかく出向いてきてやったのに、あんたしかいないのかい？　あの皇帝の側近だっていうイケメンはどうしたんだい？」

面談はひとりずつ……と決めていたのに、侍女を三人引き連れて部屋に入ってきたのは、夏嬪であった。

後宮は廃止される、身分などもうないようなものなのだ、とはいっても、元は嬪という身分の人をぞんざいに扱うことはできない。翡翠は立ち上がって夏嬪を出迎えると、部屋の中央にある椅子に座るようにと促した。夏嬪は気取った動作でそこに腰掛け、彼女の侍女たちはその後ろに立った。

「どうだい、面談は順調に進んでいるのかい？」

「ええ、最初はどうなることかと思いましたが。もう二十人ほどの面談を終えています」

翡翠がよどみなく答えると、夏嬪はふん、と鼻を鳴らした。

「二十人、ねぇ。それで？　その者たちはすぐ追い出すことができそうなのかい？」

「追い出すなんて！　そんなまさか。私の仕事は、後宮に住まう人たちが、ここを離れて新しい生活を始めるにあたってのお手伝いをすることです」

「ふぅん、なるほどねえ。そのための面談っていうことかい。それで？　あんたとの面談の結果、新しい生活を始められた者はどのくらいいるんだい？」

まるで蛇のような目で睨《にら》まれ、翡翠は震え上がってしまう。だが、後宮始末官として舐《な》められてはいけない、とそれを態度に出さないように努める。

「今のところ、後宮から出て行った人はまだいません」

翡翠が言うと、夏嬪はこちらを嘲るような笑みを浮かべた。

「そんなことじゃ、後宮始末官としての仕事をしているなんて言えないんじゃないかい？ただ話を聞いているだけじゃないか。そんなこと、仕事を引退したよぼよぼのばあさんでもできそうなことだ」

「でっ、ですが。世間とは隔離された後宮で、長く暮らしてきた者たちです。衝動的に出て行ったとしても暮らしが立ちゆかず、不幸な目に遭う者も居るかもしれません。ここは自分がどうしたいのかをじっくり考えて、その上で行き場所を決めた方がいいと思うのです。私は、皇帝に任命されてその職務を引き受けたのです。その人にとってなにが一番いいのか見極め、世話をする責任があります」

まさか言い返されるとは思っていなかったのだろうか、夏嬪の眉根に深く皺《しわ》が刻まれた。

「なんだ、ちょっとは分かっているんじゃないか」

「でもね、長く後宮で暮らしてきたのはお前も一緒だろう？　外の世界のなにを知っているんだい？」

「え、ええ……」

「それは……まあ、そうなのですが」

「聞けば、元は後宮守をしていたというじゃないか。そんな者に、こんな重要な役割が担えるとは思えない。思い上がりも甚だしい。お前たちもそう思うだろう？」

夏嬪の言葉に、後ろに控えていた侍女たちは大きく頷《うなず》く。

「その通りです夏嬪様。このような身分卑しい者が後宮を取り仕切るなんて、あってはならないことですわ」

「え……？　後宮を取り仕切るなんて……決してそんなつもりは」

「なにを言っているのですか？　あなたが後宮の者たちの行き先を世話しているのだから、後宮を取り仕切っているのと同じことでしょう？　あなたが、畏れ多くも妃嬪たちの行く先も決める、ということなのでしょう？」

そう言われればそうかもしれない。となると、後宮内で大きな権力を持ったということになる……のだが、翡翠にはそんなつもりはまったくない。

「まったく、腹立たしいねぇ。それで？　ひとりひとり希望を聞くと言っているが、希望を聞いてそれを叶《かな》えることはできるのかね？」

「そ、それは、ですね……」

「は！　できるわけありませんよ、夏嬪様。この者は、なにもすることができないから、後宮の者たちに話を聞くことでお茶を濁しているのです」

夏嬪の侍女が翡翠を小馬鹿にしたような視線を向けてくる。

なんでそんな意地悪なことを言うのだろう、とだんだん腹が立ってきた。こちらの苦労も知らずに、と。

「そうだねぇ、お前を後宮始末官として認めるためには、実績を示してもらわないとねぇ」

なぜ夏嬪にそう認めてもらわなくてはいけないのか、意味が分からない。が、もしかしたら夏嬪だけではなく、他にも同じように思っている者がいるかもしれない。だから突っぱねるわけにもいかなかった。

「お前と同室の宮女がいるだろう？」

「え？　香澄《こうちょう》のことですか？」

なぜ夏嬪が香澄のことを知っているのか、また、なぜ急に彼女のことを言ってきたのか分からなかった。そういえば、香澄は夏嬪に仕える女官と同郷で、ときどき話すことがあると言っていた。それで知っていたのだろうか。

「あの、すぐに人の顔色を窺《うかが》うような話し方をする、容姿が優れない上に陰気くさくて顔色が悪い宮女のことだよ。あんな使えなそうな女、勤め先を探すのも大変だろうね。ましてや、あんな女を妻にと願うような男はいないだろう」

「あの……香澄のなにをご存じなのですか？　そんな言い方は酷《ひど》いです」

「そうかい。そう思うなら、あの女の嫁ぎ先をあんたが探してやったらいい」

「え？」

「聞いたんだよ。どうやらあの女、後宮を離れて結婚して子供をもうけたいと思っているらしいとね。自分の身の上をわきまえているのかねぇ」

夏嬪が言うと、後ろに居た侍女たちがにやにやと笑った。その態度が許せず、翡翠はカッとしてしまう。

「いいかい？　あの宮女の嫁ぎ先……は無理だろうから、勤め先でもいい、あの宮女の希望に添う場所を見つけることができたら、あんたのことを後宮始末官として認めてやってもいいよ」

「まあ、無理でしょうけどね」

「太陽が西から昇ったとしても、あり得ないことだわ」

侍女たちのくすくす笑いが腹立たしく、

「分かりました！　お安いご用ですよ！」

売り言葉に買い言葉でそう言ってしまった自分がいた。

佳耀が押しとどめるように声をかけてくるが、翡翠はそれに構ってはいられなかった。

「香澄は少しとっつきづらいところがあるかもしれませんが、とても優しくて気遣いができる女性です。手先が器用で、黙々と作業をするのが得意で、働きぶりを好まれる女性です。どこにでも行き場はあります、引く手あまたです！　すぐにでも見つけてみせます」

「ああ、そうかい。じゃあ、楽しみにしているよ」

あっさりとそう言うと、夏嬪は侍女たちを引き連れて部屋から出て行ってしまった。

扉が閉まる音がしてから、翡翠は大きくため息を吐き出した。

「ちょっと、翡翠……」

「ええっと……どうしてそんな約束を？　かなり難しいように思えるけれど」

翌日やって来た旺柳に事情を告げると、彼は渋い表情となった。翡翠もそれは分かっている。一晩中、どうしてあんなことを言ったのかと後悔したのは秘密だ。

「受けて立ってしまったからには仕方がないのよ。この話はもう後宮中に知れ渡っているし。香澄本人の耳には入らないようにって周囲の人には頼んでいるんだけど……」

「それで、後宮の人たちは翡翠のお手並み拝見、という考えに傾いている……」

「そうなのよ。確かに言われてみれば、私は行きがかり上後宮始末官に任命されただけで、なにかの手腕を買われたわけではない。みんなが不満に思う気持ちも、不安に思う気持ちも分かるわ」

「でも、だからって難題過ぎないか？　俺たちにはあまり時間がない」

旺柳の言う通りであるが、香澄をないがしろにすることは他の誰かをないがしろにすることと同じように思えてしまう。香澄の行き先を決められなくて、他の誰の行き先を世話できるだろうか。

「急がば回れって言うじゃない？　今回のことは、それにあたると思うの」

「向こうはこちらに嫌がらせをしたいだけなんじゃないかな？　そんなことに屈せずに、やるべき仕事を粛々とこなすべきだと思うけど」

「そ、それはそうかもしれないけれど！　私にはね、女の意地っていうか、そういうものがあるの。一度約束したことは果たさないといけないわ。香澄の行き先は、私が決めるの。もう決めたのよ！」

はっきりとそう言い放つと、旺柳は呆《あき》れたような表情となった。

「でも、あてはあるの……？」

そう言われると弱い。

翡翠の後宮暮らしは長い。後宮から一歩外に出れば、そこは自分の知らない世界だ。灯《と》都《う》に住まいながらも、この街のことなどなにも知らない。馴染《なじ》みの店の一軒もなく、知り合いもいない。

「故郷の近くで暮らしたいというから、とりあえず香澄の故郷に行って来るわ。ここから馬で一日行ったところにあると聞いたことがあるの。そう遠いところじゃないから」

そう言ったところで、果たして自分が無事にたどり着けるか、ちょっぴり心配になってしまった。

故郷に居るときには馬に乗って自由に走り回っていて、馬で五日もかかる山間《やまあい》の村にまで行って帰って来たことがあったが、後宮に来てからこの十年というもの、一歩も外へ出たことがないのだ。

「確かに直接行った方が話は早いかもしれない。だが、翡翠をひとりきりでそんなところへ行かせることはできない。行くなら、俺も一緒に行くよ」

「え？　本当に⁉」

大きく頷く旺柳に、嬉《うれ》しくなってしまう。だが、ふと気づく。旺柳はもう故郷にいたときのような身分ではない。それに、年頃の男女がふたりで旅に出るのは問題ではないだろうか。翡翠はいいが、旺柳に変な噂《うわさ》が立ったらよくない。

「ええっと、そうしてくれるともちろん安心だけれど、旺柳は忙しいのではない？　行って帰ってくるだけで二日、現地であれこれ聞き回ると考えると最低でも三日、もしかして五日位はここを離れないといけないかもしれないわ。皇帝はそんなこと許してくれるかしら？」

「うぅーん……そうだな。この大切な時期に五日……確かになにを言われるか」

悩んでいる様子の旺柳を見ると、後宮のことにばかり構っているのをやはり皇帝によく思われていないのだろうと察せられる。皇帝に嫌われては、旺柳の出世にも響くかもしれない。それはよくないと翡翠は思うのだ。

(旺柳は故郷の出世頭……！ 応援しなくてはいけないわ)

この前、佳耀に言われたことを気にして、そう思うようにしていた。決して彼の妻の座を狙って出世を願っているなんていう、ずうずうしい気持ちではない。

「誰か、警備の人でも付けてくれると嬉しいけれど？ 例えば……ほら、旺柳と一緒に来ているあの警備兵の人でも」

「いや、それは駄目だ」

なぜかきっぱりと否定する。

「彼に限らない、他の誰でも駄目だ。信用ならない。翡翠と男をふたりきりで旅をさせるなんて」

「じゃあ、稜諒にでも付き合ってもらおうかしら？ それほど腕っ節が強いわけではないけれど、抑止力にはなるかも」

「そんなの、一番駄目だ！」

顔を真っ赤にして勢いよく言い切られ、翡翠はその迫力に身体《からだ》を引いてしまうほどだった。

普段あまり声を荒らげない旺柳がそこまで否定するのだから、よほど気に入らないのだろう。なぜそこまで稜諒を嫌っているのかはよく分からない。

「あの……私が一緒に行ってもいいけれど？」

佳耀が、おずおずとふたりの会話に割り込んでくる。

「駄目よ、佳耀はまだ完全に傷が癒えたわけじゃないんだから。それに、外にはどんな危険があるか分からないわ。そんなところに佳耀を付き合わせるわけにはいきません」

「別にそんな特別扱いしてくれなくても。私もいずれは後宮から出なければならないし、今のうちに外の世界を見てみたいって気持ちもあるし」

「それに馬には乗れる？　飛ばすわよ」

「ああ……それは自信がないわ。馬には乗れるけれど頻繁ではなかったから、もう乗り方を忘れてしまったかもしれないわ」

「そうよ、落馬したら大変よ。佳耀には無理をして欲しくないわ」

そう言うと、佳耀はありがとう、と頷いた。

「ええっと、話を元に戻すけれど。どうしても行きたいの？」

「ええ、行くと決めたわ。ついでに、後宮の外はどうなっているのか確かめたいという気持ちもあるし。外のことをあまり知らないのに、出て行けなんて無責任じゃない？」

「なるほど。分かったよ。なんとかしてみる。もし俺が同行できなくても、翡翠をがっちり警護できるように、やっぱり誰かを付けることにするから」

力強く頷いてくれた旺柳を見て、やはり彼は頼りになると思う。それと同時に、そんな人だから皇帝も頼りにしているはずで、自分は皇帝の反感を買いそうだった。

（まあ、でも、きっと旺柳のことだからその辺りもなんとかするのだろうな……）

つくづく素晴らしい人を婚約者としていたものだと思い、もし後宮に連れて来られなかったらどうなっていただろう、と思うと悲しい気持ちになってしまった。

「こんな状態にある皇城を放っておいて、五日も留守にするなど。不可能に決まっているだろう」

青鷺宮の執務室に戻り、秀亥を呼び出して事情を話すなり、一刀両断、とりつく島もなし、とばかりにそう言われた。

「そもそも、お前には皇帝となった自覚があるのか？　最近、それを疑わざるを得ないことばかりだ」

近頃、皇帝となった旺柳を気遣ってか、お前呼ばわりするようなことはなかったのだが、よほど腹に据えかねているのだろうか。師弟関係は皇帝とそれを支える宰相となっても変わらないようだ。

「もちろんだ、多くの者の思いと願いを背負って、こうして皇帝として立ったのだ」

「ならばもっと皇帝としてやるべきことがたくさんあると分かるだろう？　早く前皇帝のせいで荒れた国を治めていかなければならないのだ。そのためにも皇帝の命に従って動く大臣や長官を指名し、法を整備し、それを実行するための体制を整えていかなければならない。本来ならば寝る間も惜しんで進めなければならないことだ。それが、このところ頓挫している」

たたみかけるように言うが、旺柳も負けていない。

「これはこの灯都周辺地域の様子を確かめるのにまたとない機会だと思ったのだ。考えてみれば、私は皇城とその周囲のことをあまり知らない。本当に民が望んでいること、それを実行するために必要なことを知る必要がある。今のままで法を整備し、それを執行しようとしても、実行不可能な、机上の空論になってしまう恐れがある。話で聞くのと実状には大きく隔たりがある可能性がある。考えてみれば、私はずいぶんと急いで皇帝になってしまった。ここで一旦立ち止まって、本当に必要なことはなにか、熟慮する必要がある」

それらしい理由をつけてみた。

だが、秀亥の表情は曇ったままだ。

「なんだかんだと理由をつけて、翡翠と一緒に居たいだけなのだろう？」

「なにを言っている、そんなわけがあるか」

（なにを言っている、そうに決まっているだろう。死んだと思っていた婚約者に再び出会えたのだぞ？）

旺柳は表情と態度には出さないように努めながら、心の中でこっそりと言い訳をする。

「お前と翡翠は本当に見ているだけで微笑《ほほえ》ましくなるほど、仲がよい婚約者同士だったことは知っている」

「だった、ではなく、今でも婚約者だ。翡翠とは婚約破棄した覚えはない」

「気持ちはわかる。だが、状況が変わったのだ。皇帝となった今となっては翡翠と結婚するのは難しい」

「私の方にはそのつもりはない。翡翠は誰にも渡さない」

断固としてそう言うと、秀亥は眉根に深く皺《しわ》を寄せた。

他のことについては意見が一致するふたりであったが、どうやら翡翠については違うようだ。翡翠が生きていたことを秀亥も喜んでくれると思っていたが、そうではなかった。旺柳が皇帝となった今、皇帝になる前から存在する婚約者は厄介だと思っている疑いすらある。

秀亥の考えも分かるのだが、旺柳にとって、翡翠のことになると話は別なのである。そんなわけで、あまり翡翠に固執しているところを気づかれるのは得策ではないだろう。旺柳はこほん、とひとつ咳払《せきばら》いをした。

「まあ、翡翠のことはいい。相手の気持ちもある。だが、行きがかりとはいえ後宮始末官として任命してしまった責任がある。少しくらい手助けをするのは構わないだろう？　それに今回、翡翠を手助けするのは、もののついでだ。本来の目的は視察だ」

「視察など他の者にやらせて、その報告を聞けばよいだけの話ではないのか？」

さすがは秀亥だ、全てお見通しだったようだ。だが、旺柳は怯《ひる》まずに言う。

「分からん奴だな、実際に見聞きすることが大切だと言っている」

「皇帝という身分になったら、そう自由に動けないことくらい分かっていただろう？」

「それは分かる。だからこそ後宮始末官の補佐官という身分で視察をしようと言っている」

「いいや、分かっていない。お前にはやるべきことが他にいくらでもあると言っている」

そうして秀亥との言い争いはしばらく続き、結局決着は付かずに、結論は棚上げになった。

第三章　後宮の外には素晴らしい世界が？

「そう……やっぱり旺柳《おうりゅう》は一緒に来られないのね」

香澄《こうちょう》の故郷へと出発する早朝。

翡翠《ひすい》は後宮の入り口である東翔門《とうしょうもん》へとやって来た警備兵にそう告げられ、がっくりと肩を落とした。

だが、予想はしていた。やはり旺柳は忙しいのだ、翡翠の仕事を手伝っている暇などない。残念ではあったが、それだけ皇帝に信頼されて仕事をしているという証拠でもある、旺柳のためを思えば喜ぶべきなのだと気持ちを切り替えた。

「それで……あなたたちが私と一緒に来てくれるってことかしら？」

やって来たのは、いつもの警備兵と六人の男たちであった。体つきががっしりとして、目つきが鋭い者ばかりだ。これでは翡翠が妃嬪《ひひん》で彼らはその護衛であるようだった。

「そうだ、この者たちがお前の警護をする」

「それは心強いけれど……？　うぅん……」

屈強そうな彼らなのに、なぜか顔色が優れないような気がするのだ。なにかを恐れて、気もそぞろ……というような様子だ。

「なんだか、あまり気乗りしていないようね？　まあ、それはそうよね。私のような後宮の一宮女を護衛するなんて、あまり嬉《うれ》しくない仕事だものね」

「違う、旺柳様から、お前にかすり傷のひとつでもつけたら、この世で一番苦しむ方法で処刑すると言われているからだ。それに怯《おび》えている」

「え？　旺柳が？　あの優しい旺柳がそんなことを言うわけないわ。あなた、冗談が上手《うま》いわね」

翡翠がけらけらと笑うと、警備兵はげんなりと項垂《うなだ》れた。

「そういえば、あなたとは顔見知りだけれど名前を知らなかったわ。なんと言うの？」

「そんな、あなた様に名乗るような者では……」

「だったら、そこの男、とあなたのことを呼ぶことになるけれど」

翡翠が真顔で言うと、彼は口元を歪《ゆが》めた。

「それはそこはかとなく不快だ。木蓮《もくれん》と呼んでください」

「木蓮？　あら、素敵な名前ね」

「す、素敵？　それはやめてください、旺柳様に恨まれてしまいます。そうですね、俺のことは石ころとでも呼んでください」

「なにを言っているのよ？　木蓮ね、覚えたわ。これからよろしくね、木蓮」

「ああ……ええっと、はい」

不承不承領《うなず》いた木蓮と、それから背後に居た者たち全員にも名前を聞いて覚えた。これから何日か一緒に行動するのだ。仲良くやっていきたい。

そして目的地を確認すると、道順を把握している者が居たので、その者を先頭に向かうことになった。

各々自分の馬に跨《また》がり、翡翠も外套《がいとう》を羽織って馬の背に跨がったときだった。

「……翡翠！」

背後から声がかかった。振り向かなくても分かる、旺柳の声である。

「旺柳？　一体どうしたの？　わざわざ見送りに来てくれたの？」

馬を操って旺柳の方へと向かう。旺柳も騎乗しており、外套を身に纏《まと》っていた。

「一緒に行けることになったんだ。それで、慌てて駆け付けた」

「え？　皇帝の仕事の方はいいの？」

「ああ、代わりの者が見つかったから、大丈夫だよ」

そう言って力強く領いた。

翡翠にとってはこれほど心強いことはなかった。見知った顔があるとはいえ、男たち七人に囲まれて旅をするのには少しの不安があった。

不思議なのは警備の者たちがなぜか引きつった顔をして、こそこそと話していることだ。

「ありがとう旺柳。でも、本当に大丈夫なの？　私のために無理をしていない？」

「そんなことはないよ。後宮人の処刑を取り消して欲しい、と俺が皇帝に頼み込んで、それで翡翠が後宮《こうきゅう》始末官《しまつかん》になってしまったんだ。手伝うのは当然だよ」

「そう言ってくれると嬉しいわ。では、道中よろしくね、旺柳」

「うん、さあ、早く行こう」

旺柳はなぜか背後を気にした。まるで追っ手が来ないかと警戒しているように見えるが、気のせいだろうか。

こうして翡翠と旺柳、そして木蓮ら七人の警備兵たちで香澄の故郷に向かうことになった。


「あの、旺柳様……」

「なんだ？」

先ほどの翡翠への態度とは一転、話しかけたのに旺柳はこちらに視線を向けようともしない。冷たい態度に背筋が伸びるような思いだ。

木蓮は旺柳の馬の斜め後ろに自分の馬をつけ、こっそりと、翡翠には聞こえないように話しかけたのだった。もう灯都《とうと》を取り囲む壁を離れて、しばらく経《た》っていた。

「秀亥《しゅうい》様のお許しは得られたのですか？」

「なにを言う？ なぜ私が秀亥の許しを得る必要がある？ 私は皇帝だぞ」

(内緒で抜け出してきたんだな……！)

木蓮はそう察した。帰ったときに、どんなことになるのだろうと心配になる。二人の仲《なか》違《たが》いは彼らの周囲にいる誰もが望まないことだ。

「大丈夫だ、文を置いてきた」

「まったく大丈夫だとは思えませんが」

その文を見て、怒りにふるふると肩を震わせる秀亥の姿が目に浮かぶ。

「……私は心配です」

「なにがだ？」

「このまま旺柳様が翡翠殿とどこかへ出奔してしまわないか」

「ああ、なるほど。それはいいな！」

輝くような笑顔で応じられてしまい、なんてことを言ってしまったのだろうと、慌てて否定しようとするが、それより前に旺柳がふん、と笑った。

「冗談だ。翡翠もそんな無責任なことは望むまい」

「ええ、きっとそうです！ 責任感の強い方ですから！」

「そうだろう？　翡翠はとても優れた女性なのだ。お前はなにも心配することはない」

そう言って旺柳の馬は木蓮から離れ、翡翠の横に付いた。そしてとても楽しそうに話しているのを微笑ましく感じてしまう一方で、そのふたりが破滅の道を歩まないことを願う。

（皇帝の仕事をほっぽりだして、こんなところで逢《あ》い引きをしているなんて、周囲の者に気付かれてはいけない！　俺がその防波堤にならなくては！）

勝手な使命感に燃え、油断のない険しい目つきでふたりを見つめた。

＊

香澄の故郷には、夕方前にはたどり着くことができた。

灰色の屋根が連なり、同色の壁の家が立ち並ぶ町だった。通りには馬と人が盛んに行き来している。この辺りの中心になっている町で、市場と宿屋もあるようだった。

香澄の父親はこの辺りを治めていた役人だった。しかし、定められた税金を期日までに集めて納めることができず、母親は父親と一緒に投獄されてしまい香澄は後宮に連れて行かれた。香澄にはきょうだいはおらず、頼れる親戚もいないと言っていた。両親は残念ながら獄中で既に亡くなっているそうだ。

この町に古くからあると思われる構えの店を訪ね、主人に修《しゅう》家の香澄を知らないかと名を出して尋ねた。すると彼は一瞬顔を曇らせ、店の奥から彼の妻とおぼしき女性を連れて来た。恰幅《かっぷく》のよい女性で、商人の妻ということもあってか愛想がよかった。

「修家のことはよく知っているよ。いい一家だったから」

投獄されてしまったという事情があるので、役人の目を気にして嫌な顔をされるかと思っていたが、あっさりと話してくれた。

「私の妹の娘が、修家で使用人として働いていたんだ。主人は朴訥《ぼくとつ》としていたけれど使用人に優しい人で、よくしてもらったと言っていた。税金を納められずに捕らえられてしまったけれど、それもまあ仕方のないことだったんだ。その年、この辺りは酷《ひど》い干ばつで農作物が育たずに、食料不足だったんだ。お上に納める税金なんて工面できなかった。修家の当主は優しい人だったから、厳しい徴収なんてできなかった。見せしめのように捕らえられて気の毒だった」

そのような事情ならば、修家に好意的な人も多いだろう。香澄のことについても、もしかして受け入れてくれるかもと思ったのだが。

「でもまあ、その娘はよくやったよね。両親は不幸なことになったけれど、後宮に連れて行かれたんだろう？　きっといい生活をしていただろうさ」

「え……？　いい生活って……」

「今は新しい皇帝になって、後宮も廃止されるなんて噂《うわさ》も聞くけれど、どうなんだろうね？」

「そうなんですよね、実は……」

翡翠は隣に立つ旺柳のことを気にしつつ、自分がこちらに来た理由を素直に話した。するト女性の表情は、今までの愛想のよいものから、こちらを警戒するようなものに変わっていった。

「そうかい、あんた、後宮の人間なのかい」

「は、はあ……。実はそうなんです」

「後宮から出て働きたいなんて……そんな都合のいい話はないように思うけどね。今までさんざんいい思いをしてきたんだろう？　少しは庶民の苦しみを味わったらいいさ。今はただでさえ仕事がない人で溢《あふ》れていて、明日食べる物にも困るような生活をしている人が多いんだ。後宮の人たちは、そんな人から職を奪おうっていうのかい？」

「いえ、決してそんなつもりはありません。ただ……」

「さぁさ、話は済んだだろう？　忙しいんだ、とっとと出て行っておくれ」

そう冷たくあしらわれた上に、しっしとばかりに手を振られてしまった。しかし、なんとか食い下がって、修家で働いていたという姪の居場所を教えてもらった。

「まさか、後宮から来たというだけであんなにも態度が変わるとは思っていなかったわ。それまでいい雰囲気で話していたのに」

店を出るなり旺柳にそうこぼしてしまった。

「灯都から近いこの町も、そう景気はよくないみたいだね。路上で寝ているような人がいるし」

そう言われて見ると、ほこりっぽい裏路地に寝転んでいる男性の姿があった。粗末な服を身に纏い、靴は履いていないようだ。

道ばたで物乞いをしている子供の姿もあった。酷く痩せこけ、あばらまで見えているような状態だ。

「修家で働いていたという人に会いに行くつもりなんだよね？　その前に、少しこの辺りの人に話を聞いてもいい？」

その人の家はこの町から少し離れた山間《やまあい》にあり、今日中に行くのは難しそうだ。明日の朝にここを発《た》って向かうのがいいだろう。

「いいけれど、どうして？」

「実は皇帝に頼まれているんだよ、この辺りで生活している人の様子を見て来いって」

なるほど、それを条件に皇城を離れることを許されたのかと勝手に納得して、しばらく旺柳に付き合うことになった。

旺柳は町のあちこちを回り、さまざまな人に話を聞いていった。道をふらふらと歩いている人や、露天商の店主、子供たちを遊ばせている使用人と思われる女性、井戸端会議をしている婦人たち。どんな生活をしているのか、困っていることはないかなど、雑談の延長でさりげなく聞いていくのに感心してしまう。こちらの格好から、なにかの視察に来ているのかと思われているようではあったが、人々はなんの遠慮もなく、本音を話しているような様子だった。

「去年は一番酷かった、鉄砲水が来て、畑の作物が全て流されたんだ」

「多くの者が飢えて死んだ。ところが皇帝は、それでもいつも通りに税の徴収を行ったんだ。皇城の中の暮らしと、こちらの暮らしとはまるで違うんだろうな。同じ国なのに、別の国に住んでいるような暮らしをしていたんだろうさ」

吐き捨てるように言ったのは、ちょうどこちらの町の市に、品物を卸しに来ていた農民たちだった。

「なにかの支援があってもよさそうなものだ、と村長は言っていたが、そんなもの期待するだけ無駄だとみんな知っていたし、諦めている」

「そうだな、玄大《げんだい》皇帝の代になるより前はもう少しましだったらしいがね」

それに別の者も加わる。それは商人であるだろう男だった。続けて彼は言う。

「だから、新しい皇帝には期待しているのさ。つい先週、ずっと壊れたままだった橋を直してくれたからね。今までは隣の町まで大きく迂回《うかい》して三日はかかっていたが、これで一日で行き来できるようになる。物流が盛んになれば、景気もよくなるだろう」

「そうだな。だが、まだ油断は禁物だ。今のところはいいが、これからどうなるか分からない」

「そうだな、ぽっと出の皇帝を良しとせず、また皇帝が変わるかもしれない。俺たち庶民は、それに翻弄されるばかりだ」

そうぼやく者たちの話を、旺柳は熱心に聞いていた。全て皇帝に報告するつもりなのだろうか。

翡翠も彼らの話を聞いていて、この国が置かれている悲惨な現状、それから新たな皇帝への期待を知ることができた。

後宮を廃止するというのもその新たな政策の一部で、必要なことなのだろう。

(でも当事者としては、それで殺されそうになったり、無理やり追い出されそうになったりするのは勘弁して欲しいのよね……)

そうして話を聞いて回り、今日は町中に宿を取った。

「翡翠は疲れただろう？ 今日はゆっくり休んで。俺は少し出掛けてくるね。夜じゃないと聞けない話もあるから」

夕食を終えて宿屋の部屋でくつろいでいると、旺柳がやって来てそう告げ、警護を連れて出掛けてしまった。

こんな夜中に出掛けて大丈夫かしらと心配になった。昼間からスリや泥棒が出るような町で、殴り合いの喧嘩《けんか》をしている人たちも見かけた。

それは旺柳も分かっているだろうに。旺柳は翡翠が知っていたような、危険からは離れて決して近づこうとせず、穏やかな生活を望む人ではなくなってしまったような気がする。

それがなんとなく面白くなくて、夜なお騒がしい町の音を聞きながらぼんやりと寝台に座っていると、扉を叩《たた》く音がした。

「どうぞ」

応じると、部屋の中に木蓮と、警護の三人が入ってきた。旺柳が三人を連れて行って、残った四人なのだろうか。

「……少し話がしたい。旺柳様には内密にして欲しい」

強面《こわもて》の警備兵に言われ、圧倒されたように頷《うなず》き、寝台から椅子へと移動した。すると彼らは壁際にあった椅子を持ってきて、翡翠を囲むように座った。なんともいえない威圧感に、身体《からだ》を小さくしてしまう。

「もしかして、なにか勘違いをしているかもしれないと思い、念を押しに来た」

厳しい表情でそう迫られ、少々身の危険を感じたが、もうすっかり顔見知りになった木蓮が居るから大丈夫だろうか。

「ええ、なにかしら？」

「旺柳様がお前を手伝っているからと、勘違いをしてもらっては困るのだ。どうやら、か

って お前と旺柳様は婚約していたらしいが、それは昔の話だ。今では身分が違う」

別の男が言い、それに続いて、他の男たちも語り出す。

「いいか？　旺柳様はお優しいから、昔馴染《むかしなじ》みのお前を放っておけずに、少し力を貸してやろうと思っているだけだ。そして後宮の者たちを皆殺しにする件を撤回した責任を感じて、お前を助けているにすぎない」

「あまり思い上がらない方がいい。お前は元は処刑されるべき女だったということを忘れてもらっては困る。温情で生かされただけなのだ、と」

「それに、お前のような女にも、後宮など廃止されて当たり前だと分かっただろう？　今日、旺柳様と一緒に話を聞いていて」

翡翠はややあってから、頷いた。

まさかここまで後宮が憎まれているとは予想外だった。しかし、自分たちがその日食べる物にも苦労しているというのに、税を徴収されて、その税が、皇城や後宮で皇帝が贅沢《ぜいたく》な暮らしをするために使われていると思えば、それも致し方ない。

後宮内に居るのは贅沢な暮らしをしている者ばかりではない、みんな誤解をしていると思っていたが、どうやらそうでもない。翡翠も、食べる物にありつけない日もあったのだが、市井の暮らしはそれ以上に厳しいものだった。少なくとも、後宮内には食べる物を得るために人を襲うような者はいなかったし、飢え死にする者もいなかった。後宮内では贅沢な暮らしをしている者ばかりではなかったが、市井よりもずっとましな暮らしはできていた。それは間違いなく、民から徴収した税金によって、である。

「まさか、旺柳様と結婚できるとでも思っていられては困る。それはあり得ない」

あり得ない、とまで言い切られると反論したい気になるが、それは翡翠も分かっていたことだったので、肩をすくめつつ言う。

「……そうね、言われなくても分かっているわ。私は後宮始末官としての仕事を終えたら、故郷に帰りたいと思っているの」

「なんと！」

その場に居た誰からともなく声が上がり、そして彼らは一様に驚愕《きょうがく》の表情を浮かべた。

「いやね、私もいい大人なんだから、そのくらい分かっているわよ。私が後宮入りした時点で婚約は実質破棄になっているし、皇帝の側近として働く旺柳が、私とはずいぶん身分違いになってしまったということも理解している。旺柳が皇帝の下で働くのならば、きっと名のある貴族の令嬢との縁談が舞い込んでくるわ。地方の豪族の息子にすぎない旺柳が皇城内で確固とした地位につくためには、そんな方と結婚するのがいいと思うの。元婚約者として、彼の出世を願っているわ」

迷いなく言い切ると、彼らは信じられないという表情を浮かべた。翡翠は続けて言う。

「私が頼りなさすぎて、つい旺柳は手助けしてしまうのかもしれない。もっとしっかりしないといけないわね。旺柳が居なくても、自分でなんとかできるように」

それは自分に言い聞かせる言葉でもあった。今の状況では旺柳に頼りすぎている、と言われても仕方がない。

「それに、私は安心したわ。あなたたちが旺柳のことをこんなに心配してくれていることに。きっと周囲の信頼を受けつつ、皇帝に仕えているのね。あなたたちが居てくれるならば、私は安心して故郷に帰れるわ。そして、遠い場所から元婚約者の活躍を祈っている」

翡翠がそう言うと、なぜか木蓮が洟《はな》をすすった。

(え……?)

なんだろうと思っていると、それは他の男たちにも伝播《でんぱ》し、やがて瞳に涙を溜《た》めて、肩を震わせはじめた。

泣いている……?

一体なぜ? 自分はなにか変なことを言っただろうかと考えていると、

「まさかこんなに配慮があり、聞き分けがよく、他人の幸せを願える女性だとは思っていなかった。申し訳ない!」

男のひとりがそう言ったかと思うと、椅子から立ちがり、床に平伏《ひれふ》してしまった。

それを合図にしたように他の男たちも、木蓮も、立ち上がり、椅子をどけて、翡翠を取り囲むようにして平伏した。

「え？　ええー？　困りますぅ」

翡翠は言うが、男たちは頭を上げようとしない。

「さすが旺柳様が気にかける方だけある！」

「こんなにきっぱりと割り切れる女性なんて他に知らない！　女とは、執念深く、狙った獲物はどこまでも追いかけて行くものではないのか？　特に後宮の女なんて、全員そんな者だと思っていた」

なんて偏見だと思うが、一部にそんな女性もいるので否定はできない。

「いやしかし！　あんな優れた婚約者を逃してもいいのか？　後悔はないのか？」

「そうだぞ、まだ婚約しているはずだとごねれば、受け入れられる可能性はあるのではないか？」

「ここは一気に押すべきではないのか？」

この人たちは旺柳と自分を引き離したいのかそうでないのか、分からなくなってきた。

翡翠は迷ったような仕草をしつつ、しかしはっきりと言う。

「実はね、故郷で婚約していたときにも、旺柳は私には過ぎた人だと思っていたのよ。私にはその当時、明るく健康的であることしか取り柄がなかったから。だから、少しでも旺柳に見合う奥さんになれるように書を習い始めたんだけれど……」

まさかそれで目をつけられて、後宮に連れて来られるとは思っていなかった。

「旺柳を夫にできれば、それはとても素晴らしいことだとは思うけれど、最初から私のような平凡な者には過分なことだったのよ」

「うぉ――――――！」

男のひとりが叫び声を上げながら立ち上がり、男泣きに泣き始めた。

「俺は猛烈に感動している！　もしかして旺柳様の妻となるべきなのはこのお方以外にいないのではないか！」

「俺もそう考えていた！　いや、いやいや……しかし！」

「いや！　ここは心を鬼にしなければならぬ！　旺柳様のことを考えたら、この方との結婚を認めるわけにはいかない！」

「運命とは、なんと皮肉なことよ！」

なんだか、ますますよく分からなくなってきた。

翡翠はこんな夜中にそんな大声を出したら迷惑よ、と皆を宥《なだ》め、世の中、ままならないこともあるのよと告げ、でもそう言ってくれるのはとても嬉《うれ》しかったわ、と伝えた。

すると彼らは、気のせいだとは思うが、翡翠にすっかり心酔したような様子で、このことは旺柳には決して言わないようにと念押しをして、部屋を出て行った。

翡翠は彼らを見送り、扉を閉めてから大きく息を吐き出した。

「意味が分からないわ……」

困惑した気持ちのまま翡翠はのろのろと寝支度を整えて、そのまま寝台にもぐり込んだ。

＊

その日は夜が明けてすぐに宿を発《た》ち、目的の村に向かって山間《やまあい》の道で馬を歩かせていた。

あちこちに水たまりがあり、大きな岩が転がっている悪路であったが、翡翠はもうすっかり昔の勘を取り戻しており、馬を上手《うま》く扱うことができた。このまま行けば、昼前には目的地に到着できそうだった。

「昨夜はずいぶん遅かったのね」

なんだか夫の夜遊びを咎《とが》める妻のようだな、と言ってから思った。

旺柳の馬に続いて翡翠は馬を歩かせていた。街道のように速度を出せなかったので、ゆっくりとした足取りだ。

「うん、ためになる話をたくさん聞けたよ」

旺柳は振り返りながらそう言う。

「話を聞いていると……私が思っている以上に玄大皇帝は民から嫌われていたみたいね。皇帝なんだから、なにも知らない民からは雲の上の人のように崇《あが》められているのかしらと思っていたけれど」

「そうだね、民のことなんてなにも考えていない皇帝だったから」

　きっぱりと言う旺柳の様子に、だから彼は反乱軍に加わったのだろうなと察した。もう親や親族に言われたから仕方なく陽光《ようこう》皇帝に従っている、とは思わない。彼は彼の意志で反乱軍に加わったのだ。

「翡翠から見た玄大皇帝はどんな人だったの？」

「そうね、もうこの世にいない人だから言えるけれど……あ、いいえ、待って、死んだ人のことを悪く言うのは……」

「言いたくないならいいけれど」

「いえいえ、言いたいことはいっぱいあるのよ！　本当に酷《ひど》い人だったわ。皇帝は人に非《あら》ず、というからそんなものかと受け止めていたけれど、いやいや、人間の嫌な部分を全て体現したような人だったわね」

　そして翡翠は玄大皇帝のことを切々と語っていった。途中からだんだん愚痴のようになってきたが、それでも旺柳は町の人たちの話を聞いていたときのように、翡翠の話を遮ることなく気が済むまで話させてくれた。

「うん、そんな人だから、俺……いや、陽光皇帝は玄大皇帝を廃して、新しい世を打ち立てようとしたんだ。民がもっとよい暮らしができるような国にしたい、と。そのために皇帝一族を皆殺しにしたり、後宮を廃することに決めたり……乱暴だと思われるかもしれないけれど、民のことを考えるとそれも致し方ないんだ。玄大皇帝のときには、皆、生きる希望も将来への展望もなく、この世は地獄かというような暗い顔をしている者が多かった。そんな空気を一掃して、新しい世を作りたいと陽光皇帝は望んでいるから」

それはすとんと翡翠の腹に落ちてきた。

後宮に居た以上、翡翠は玄大皇帝側で、陽光皇帝の一行は反乱軍であり、それを認めることには葛藤があった。危うく処刑されそうになったという事情もある。しかし、この国全体のことを考えると、その行動を理解できる。

(でも、陽光皇帝のことを認めるのはやっぱり悔しいわ……。なにかしら、旺柳があまりにも陽光皇帝のことをよく言うからかしら？　よし、旺柳の前で彼のことをよく言うのはやめておこう！)

そんなどうでもいい決意を固めつつ、馬を歩かせていった。

予定どおり、昼前には目的の村にたどり着くことができた。百ほどの家が寄り添うように立っている、小さな集落だった。

村の入り口で女性のことを聞くと、すぐにその家を教えてくれた。この時間だったら、恐らく家に居るだろう、とも。

「どうしよう……だんだん緊張してきたわ。後宮に行った香澄のことなんて、話を聞きたくもないと言われるかもしれない」

昨日の町人の様子から、玄大皇帝と一緒に後宮がいかに憎まれているかを知った。後宮、という言葉を出すのも躊躇《ためら》ってしまう。

「まあ、ここまで来たんだから話だけでも聞いてみようよ」

旺柳にそう促され、その女性の家に向かった。

家の戸口から恐る恐る声をかけ、出て来た者に修家で働いていたという女性の名を告げると、それは自分だと言った。

「ええ、確かに私は修家に仕えていたわ」

三十代後半ほどの女性だった。恰幅《かっぷく》がよくて、よい母親という雰囲気が漂っていた。家の中からは彼女の子供なのか、きゃっきゃと遊ぶ声が聞こえてきていた。

「少し話を聞いてもいいですか?」

翡翠が言うと、彼女は怪訝《けげん》な表情をして、翡翠の背後にいる旺柳と警備の者たちのことを見た。

「役人さんですか? なにかの取り調べとか聞き取りとかですか?」

「いえっ、違うんです。話を聞きたいのは私だけで……えぇっと……」

翡翠は旺柳の所へ行き、声を潜めた。

「なんだか話しづらそうだから、少し離れたところで控えていてくれないかしら?」

確かに彼らはこんな田舎の村には似つかわしくなく、灯都からやってきた役人たちのようで、緊張感を与える。

「分かった、話は聞こえず、姿は見えるような場所に居るよ」

旺柳は話が早い。警備の者たちに指示をして、家から離れた小高い丘の方へと向かった。

「すみません。話を聞きたいのは私の友達のことで。香澄、というのですが、ご存じですか？」

「ああ、後宮に連れて行かれた、修家のお嬢さんね。後宮だなんて……」

なにか否定的なことを言われるか、と身構えてしまったが、

「可哀想《かわいそう》だったわね」

「え？」

「お父さんに似て、控えめで大人しい娘だったわ。それが後宮に連れて行かれてしまうなんて。どんな酷い目に遭ってしまうかと心配だったのよ」

どうやら彼女は他の人よりも後宮のことを知っているようだった。後宮とひとくくりにしてはいないようで、威張り散らしている者と支配される者がいて、それはそこらの豪族に仕えるよりも困難だろうと考えてくれているようだ。

そんな場所に、妃嬪《ひひん》ではなく宮女として連れて行かれてしまったのだから、苦労しているのではないかと気がかりだったらしい。

「今、香澄さんはどうしているの？　どうやら後宮がなくなるらしいなんて話を聞いたんだけれど……。ざまあみろ、当然だ、なんて話も聞いて、私もそう思うのだけれど、香澄さんのことは気になっていてね。きっと頼れる人はいないだろうし」

「香澄なら元気です。実は、香澄は後宮で私と同室で……」

「え？　あなた、後宮の人なの？　それで、今はどんな様子なの？　詳しく聞かせて」

そして家の前にあった長椅子に座るようにと促されて、そこであれこれと話をした。

まずは香澄の近況、そして、今後宮はどういう状況にあるのかを話し、それから本題に入った。

「実は、香澄はできたらこちらに帰って来たいと言っているんです。できれば所帯を持ちたい、と」

「うぅーん、それは」

彼女は大きく首を横に振った。

「なにしろ、後宮というだけで印象がよくないから、夫となるような人を探すのは難しいかもしれないね。この村でも、嫁を探している人はいるけれど、それが後宮出身となると、あまりいい顔をされないかも」

「そうですよね……」

無理して嫁いで、後宮出身だからとなじられるようなことになったら困る。

「仕事を探すのも難しいですよね。町でも、職にあぶれている人が多くいるようですし」

「ええ。町にいる伯母さんに頼んでみてもいいけれど」

「それは難しそうです」

翡翠は苦笑いを浮かべた。

後宮と聞いただけであんな拒絶感を示す女性の元で働くのは難しいし、他の仕事を紹介してもらうのも難しいだろう。

「そうでしょうね……ごめんなさいね、力になれなくて。せめてなにか手に職でもあるといいのだけれど」

「手に職……ですか？」

「ええ。後宮でなにをしていたかは分からないけれど、なにかできることがあれば」

そう言われてはっと思いついた。

「あっ、あります！　香澄に手に職。香澄は後宮では裁縫の仕事をしていて」

「裁縫？　後宮仕まいならばいざ知らず、女性ならば裁縫くらい誰でも」

「いえ、ただの裁縫ではなく、それは見事な腕前で……と、そうだった」

翡翠は自分の外套《がいとう》を女性に見せた。

「これ、ちょっと破れてしまったんですけど、それを誤魔化すために香澄が布をあてて、刺繍《ししゅう》をほどこしてくれたんです」

「ええ？　まさかあのぼんやりとして覇気のないお嬢様が、こんな素晴らしい刺繡を？

と、ごめんなさいね。まだ香澄さんが小さなお嬢さんだった頃のことしか知らないから。

ちょっとよく見せてもらってもいいかしら？」

女性はそう言って、翡翠の外套の刺繡部分を手にとって、目を近づけて、まじまじと見つめた。

「本当に素晴らしいわ！　後宮に独特なものなのかしら？　色使いも素敵だけれど、別に特別な糸を使っているわけではないようで。糸の組み合わせ方が独特なのかしら？　こんな繊細な刺繡、見たことがないわ」

「香澄はこういうこつこつと根気がいる作業が得意なんです。妃嬪の中には、わざわざ香澄を指名して刺繡を頼んでいる方もいました」

「こんな見事な刺繡ができるのならば、こちらに帰ってきたら仕事があるかも」

「え？　そうなんですか？」

「この村は絹織物《きぬおりもの》の産地なのよ。養蚕をしている家が多くてね。それを紡いで、絹織物として町に売りに行っているの。そこにこんな刺繡があったら」

「後宮でも養蚕はやっていました。香澄も糸紡ぎをしていました」

「それは願ってもないことだわ。ほら、皇帝が変わったでしょう？　そうしたら物流も盛んになって、仕事も増えるかもしれない。それを見込んで、もっと養蚕に力を入れよう、絹織物にも他とは違う工夫をして特産品にできれば、という話が出ているところなの。この刺繍、いいかもしれないわ」

女性は感心したように刺繍を見ながら何度も頷《うなず》く。

「養蚕をやっている知り合いにかけあってみるわ。元は後宮にいた、ということで渋られる可能性もあるけれど、後宮風の刺繍はむしろ受けがいいかも。この刺繍を見せて説明したいけれど……」

「ええ、一緒に行きましょう」

そうして彼女の口利きで、本人が望むならば仕事を与えることもやぶさかではないという回答を得ることができた。後宮のような豪勢な家は用意できないよ、と言われたが、それもきちんと説明すると約束した。後は香澄の意思次第だ。

＊

「皮肉だけれど皇帝が変わったことに助けられたという一面もあるわよね。これから景気がよくなって働く人が多く欲しいってことになったら、後宮人にも行き場所があるかも」

灯都へと戻る道の途中で、翡翠はふと呟《つぶや》いた。旺柳はそうだね、応じた。

「もしかして、皇帝の命を受けた後宮始末官、って名乗った方が話が早かったかもしれないわね。あまり気乗りしないけれど」

「翡翠が陽光皇帝のこと、認めてくれたようで嬉《うれ》しいよ」

まるで自分のことが認められたかのような笑顔を向けてくるので、翡翠は今までとは別の意味で悔しくなってしまう。

(自分の身内を褒められて嬉しいとか、そんなふうに思える！　悔しい！)

きっと今では、翡翠よりも自分が仕える皇帝の方が大切なのだろうと思うと、胸がぎゅっと締め付けられるような思いになった。

(あらやだ、まだ若いのに神経痛かしら)

そう誤魔化すことにしておいた。

「陽光皇帝には一度会ってみたいと思うわ。一体どんな方なのか……」

「い、いや、それはやめた方がいいと思うよ！」

「どうして？　旺柳から頼んでよ、私が立派に後宮始末官の仕事をやり終えてからでいいから。褒美くらいつかわした方がいいんじゃないですか、なんて言って」

「う、うーん、いくら翡翠の頼みでも、それは難しいかな？」

「そんなに私を皇帝に会わせたくないの？」

「い、いやあ、そういうわけでは」

口ごもる旺柳を見て、翡翠はまったく別のことを考えてしまっていた。

（そうか、私みたいのが自分の元婚約者で、と紹介するのが嫌なのかもしれないわね。それはそうか……）

それを寂しく思いつつ、仕方がないかと諦めてその気持ちを手放す。

そうして翡翠と旺柳は、見事に目的を果たして皇城がある灯都へと戻っていった。

＊

「え……本当に？　私、故郷に帰れるの？　居場所があったの？」

後宮に戻ると真っ先に香澄に報告した。香澄は思った以上に驚き、そして嬉しそうな様子だった。

もし失敗したときに落胆させないために、と香澄には黙って旅に出たのだった。後宮始末官としての仕事があって、とぼんやりとした理由で後宮を出た。

「ええ。故郷、と言っても、生まれ育った町とは少し離れた村だけれど。養蚕が盛んな村で……」

「そこの村のことならば知っているわ！　それに、修家に仕えていてくれた女性のことも覚えているわ。そうなの、結婚して子供がいるのね。お父さまがあんなことになって、修家の使用人もどうなっているかと思ったけれど、家庭を持って幸せに暮らしているならよかったわ」

それから香澄にせがまれて、故郷の町がどんな様子だったかを話した。香澄はよほど故郷が恋しかったのだろう、話を聞いているだけで嬉し涙を流した。

「それから、後宮のことはよく思われていないみたいで、所帯を持つのは難しいかもしれないわ」

話しづらいことだったが、その事情も隠さない方がいいだろう。

「ええ、それは……結婚は私の希望ではあるけれど、本当は無理だって諦めているの。私を妻に、と思ってくれる人なんていないって」

「いいえ、向こうで出会いがあるかもしれないから、諦めることはないわ」

「いいのよ。行き場所ができただけで本当に幸せだから。しかも、私の刺繍を認めてもらえるなんて、よかった。裁縫の仕事ができるならば、なによりだわ」

「それならばよかった」

「私……後宮に連れて来られたこと、不幸なばかりだと思っていたけれど、そうでもなかったわね。刺繍を覚えることができたし、翡翠みたいな人にも出会えたし。後宮の外にいる人たちは後宮のことを金食い虫だと毛嫌いしているみたいだけれど、それだけじゃないって思ってくれるように、私が外に出て励まないとね」

少しでも早く故郷に帰りたいとの香澄の希望で、十日後には彼女は後宮を離れた。

「……まあ、約束は約束だからねぇ。あんたを後宮始末官として認めてやってもいいよ」

少し前とは打って変わって、賑《にぎ》わっている後宮始末官の面談室に、夏嬪《かひ》が行列を無視して入ってきて、偉そうな態度でそう言った。

「あの……いくら元は嬪だったとはいえ、順番は守っていただかなくては」

今日は旺柳はおらず、佳耀《かよう》も別の用事があってこの部屋にはいない。このところの面談慣れのおかげなのか、嬪とふたりきりでも以前のように慌てるようなことはなかった。

今日は夏嬪の侍女はおらず、ひとりきりでやって来た。嬪という身分でなくなってからも、ひとりで出歩くことなんてなかったのに。どういう心情の変化なのか、気になる。

「仕方ないねぇ、そんなに頼むならば私の身の振り方について、あんたに決めさせてやってもいいよ」

「誰もそんなことは言っておりませんが？」

夏嬪は翡翠の話など聞いていない。どこ吹く風で、優雅に扇を揺らしていた。全て自分の思うように話を進めたいようだ。

「……はい、分かりました。それで、夏嬪様はどうしたいのですか？　どこかへ行く当てがありますか？」

「それがねぇ、残念ながらないんだよ」

「はあ」

「できれば、遠方の豪族にでも嫁ぎたいと思っているんだ。私の嫁ぎ先を探すなんてこれほど名誉なことはないだろう？　それを、あんたに任せようっていうんだよ」

夏嬪は本気でそう思っているのか、それともこちらをけしかけているのか。

どちらにしても答えは一緒だった。

「申し訳ないのですが、すぐに嫁ぎ先を探すなんてことはできません」

「なんだよ、それがあんたの仕事だろう？　あの宮女のことは、すぐに決めてきたじゃないか。もう少し苦労するかと思ったんだけどねぇ。そうすればあんたも、後宮から出るなんてそう簡単なことじゃないって分かると思ったのに」

「え……それってどういうことですか？」

翡翠が目を瞠《みは》ると、夏嬪はやれやれ、と肩をすくめた。

「あんたがあんまりにも簡単に、殺されたくなかったら後宮から出て行け、なんて言うから気にくわなかったんだよ」

そんなつもりはなかったのだが、そのように捉えられても仕方がないかもしれない。

「どんな酷《ひど》い場所であっても、後宮以外に行き場所がない者はたくさんいる。出て行こうと思っても、頼る者がいない状況で、行き先なんてそう簡単に見つかるものかね。それを分かっていないようだから、分からせてやろうと思ったんだけどねぇ」

「そうですね……確かに私、分かっていなかったかもしれません」

殺されるのに比べれば出て行くくらいなんてことがない、と以前は考えていた。

「香澄の場合は、我ながら上手《うま》くいきすぎたと思っています。後宮の外に出て分かったのですが、後宮への人々の恨みは思った以上に根深い。食べるのにも困っている自分たちから巻き上げた税金で贅沢《ぜいたく》な暮らしをしている、と思い、憎んでいる人が多いのです。後宮人だというだけで忌避される可能性が高いです」

「なるほどねぇ。ならば、あんたの仕事も大変そうだね」

「ええ、そうですね。それでも、なんとかやって行こうと思います」

そう決意を語ると、夏嬪がふっと笑ったような気がした。夏嬪がこんなふうに表情を緩めることがあるなんて。もしかして見間違いかなと思ったくらいだ。

「あんた、こんなところで面談なんてしていないで、もっと外との関わりを作った方がいいんじゃないのかい？」

「それは分かっているのですが……」

「あんたがまず結婚したらどうだい？　ほら、いつも一緒にいる皇帝の側近はどうなんだい？　彼はあんたの故郷にいたときの婚約者だって話を聞いたよ」

「ええ？」

まさか夏嬪にそんなことを言われるとは思っておらず、大いに焦ってしまう。

「ほら、家同士の繋《つな》がりを作れば、そこからいろんな縁が生まれるだろう？　そうすれば、嫁を探している親類縁者の心当たりも生まれるかもしれない」

「確かに……で、ですが！　旺柳とは無理なんです。確かに元婚約者ではありますが、今となっては身分違いですし」

「そうなのかい？　じゃあ、私が彼を狙ってもいいのかい？」

「え……」

「あんたは知らないかもしれないが、後宮の女性たちの中で意外と人気なんだよ。皇帝の側近ということだが、あまり偉ぶったところがないし、あんたとふたりで熱心にこちらの話を聞いてくれる、ってね。こちらのことを思いやってか、あれこれ現実的な助言をくれるのも頼もしくて好ましい、とね」

「た、確かに。それはよく分かります」

なにしろ私の元婚約者ですしね、と自慢したかったがやめておいた。

「後宮に留《とど》まりたいなんて物好きは特に、皇城に居る誰かと結婚したいなどと思っているようだよ。反乱軍の誰かでもいい、なんてね。こんなところに留まりたいなんて、私にはその気持ちが分からないけれどね」

ふと寂しげに笑った夏嬪のことが気になって、つい聞いてしまう。

「夏嬪様はどうして後宮に？」

「決まっているだろ、父親に命じられて後宮入りさせられたんだよ。なんとかして皇帝に取り入って、皇帝の子を持って、一族の繁栄のために一役買え、ってさ。世の貴族の考えることとなんて同じだよ、自分の娘を政治の駒としか思っていない。そんな父親の元へは戻りたくないんだ」

だからこそ後宮を憎み、そして実家を快く思っていないのだろう。

「……分かりました、夏嬪様。できるだけ夏嬪様に満足いただけるような、嫁ぎ先を探しますね！」

安請け合いだとは分かっていたが、そう言いたい気分だったのだ。後から『あんたは口だけで……』と恨まれそうな気がするが、そのときはそのときだ。

「そうかい、それは心強い……けれど、あんたはどうしてそこまでしてくれるんだい？」

「え……どういうことですか？」

「どうして後宮始末官なんて仕事を引き受けて、ここまで熱心に務めているのかが不思議でね。どうやら、下級宮女から身をおこしたい、と野望があるわけでもないようだし」

そう言われると困ってしまう。確かに好きで引き受けた役職ではない。引き受けたからには最後までやり遂げたいと思うが、それがなぜか、と突き詰めて考えたことはあまりなかった。

「……そうですね、強いて言えば……私はなにをやっても中途半端で」

ふっと視線を虚空に漂わせながら言う。

「はじめは……そうですね、旺柳の婚約者として役目を果たせなかったことです。婚約者として少しは相応《ふさわ》しくなりたいと思って、せめて美しい文字を書けるようになれたらと願って書を習ったのに、そのせいで後宮に連れて来られてしまった。後宮ではその美しい文字を買われて、妃嬪《ひひん》たちの代筆をするという名誉ある仕事をしていたのに、それも途中で放り出して後宮守《こうきゅうもり》になってしまった。後宮守になったのはいいものの、結局賊の侵入を許してしまって、皇后や妃嬪たちの命を奪われてしまった。私はなにをやっても中途半端で、なにひとつ成し遂げたものがなくて」

「そんなの、全部あんたのせいじゃないだろう？」

「そう諦めることもできますが、私はそうしたくないんです。だから、後宮始末官の仕事は最後までやり遂げたいんです。やっと人の役に立てるかもしれない、後宮に来た意味があったのかもしれない」

初めは行きがかり上引き受けたことで、こんな仕事なんて放り投げたいと思ったことがあった。だが、香澄や、これからの生活の夢を語る他の後宮人たちを見て、自分がその人たちの、微力でも力になれるならば、これ以上の喜びはないと考えるようになった。

翡翠の言葉に、夏嬪はなにやら考え込むように腕を組んだ。沈黙が続き、翡翠がなにか変なことを言ってしまったかと後悔していると、

「そうかい、あんたの心意気はよく分かったよ」

夏嬪は大仰な動作で立ち上がった。

「あんたの働きには期待しているからね、翡翠」

そして翡翠に背中を向けて、さっさと部屋から出て行ってしまった。

翡翠はその背中を見つめながら思う。

(は、初めて名前を呼んでくれた！　というか、私の名前、覚えてくれていたんだ！)

後宮始末官としてようやく認めてもらったとの感慨を嚙《か》みしめながら、次の面談に挑んだ。


夏嬪が翡翠に、自分の嫁ぎ先を探すようにと頼んだらしいとの噂《うわさ》は、瞬く間に後宮内に広まった。

その噂のせいなのか、後宮始末官の面談室には後宮の入り口である東翔門まで続くのでは、という長い長い列ができた。先頭の者に聞くと、日が昇る前に並んだという。

嬉《うれ》しいと思うと同時に、そんなことをさせてはいけないと、面談は予約制にした。面談室の前に帳面を置いて、そこに自分の名前を書いてもらうのだ。もちろん文字を書けない者もいるから、そんなときには他の者が代筆した。

そうして忙しい日々を送る中で、更に嬉しい知らせが香澄から届いた。

「ねぇ、聞いて旺柳！　大変な知らせが届いたの！」

香澄の故郷から帰った後、皇帝の側近の仕事が忙しくなったのか、旺柳がこちらへ来る回数がめっきり減ってしまった。そんな彼が久しぶりに来訪したときに、面談室の入り口で彼を待ち構えて、まるで飛びかからんばかりの勢いで言った。

「どうしたの？　そんなに興奮した様子で」

「香澄から文が届いたの！　それがなんだと思う？」

「ああ、彼女、無事に故郷に帰れたんだね。仕事が順調に進んでいるって？」

「そうじゃないの！　結婚が決まったって！」

「ええ？　そんなまさか……！　あんな大人しくて控えめな女性に、そんなにすぐに縁談が舞い込んだって？」

「ええ！　偶然、仕事先に出入りしていた商人に、真面目な仕事ぶりを気に入られたんですって。それで息子の嫁にどうかって話になって、実際に会ったらお互いに相性が合ったみたいで。あれよあれよという間に……」

こんな文ではなく、そのいきさつを直接聞きに行きたいくらいだ。

そして、そもそも商人に気に入られた理由が嬉しいものだった。

後宮を出るときに、この者は元は後宮に居て身分は確かな者である、その身分は陽光皇帝の命を受けた後宮始末官が認めるところである、と翡翠が『後宮出立許可状』に書いて香澄に渡した。

後宮、というのが市井で恨まれているとは先の旅で分かったので、陽光皇帝の名を書いた。後宮始末官は彼が任命したのだから、嘘《うそ》は言っていない。そのおかげなのか、香澄は仕事先であっさりと周囲に認められたという。そしてその一因は翡翠の美しい文字だったそうだ。こんな美しい文字で書かれたものならば偽物であるわけがなく、皇帝のお墨付きであることは間違いない、と捉えられたらしい。

「よかった！　香澄が一番望んでいたことは、温かな家庭を作ることだったもの。それが後宮を出てこんなすぐに叶《かな》うとは思ってもいなかったわ」

そして、それに自分が一役買えたということが嬉しくて仕方がなかった。

「本当によかった！　わざわざ香澄の故郷まで行った甲斐《かい》があったね。翡翠はすごいなあ、無理だと思うことをやってのけて」

「そんな。旺柳の手助けがあったからよ」

「俺はなにもしていないよ」

旺柳はそう言うが、ここまでできたのは旺柳が助けてくれたからだ。

翡翠はもう一度旺柳に礼を言い、しかし彼にばかり頼っていられないと気を引き締めた。

＊

「ええっと、これで六十人かしら？　こんな僅かな期間でここまで進むとは思ってもいなかったわね」

佳耀が言うと、翡翠は改めて自分の働きが形になっているのを感じ、誇らしい気持ちになった。

香澄の件が拍車をかけた、と言ってもよかった。

急な出会いと結婚話を聞いて、後宮の外にも素晴らしいことがあるのではないかという機運が生まれ、家族や知人に文を書くことが盛んに行われるようになった。中には、文字を書けないという者もいたので、翡翠が代筆を引き受けることもあった。

今まで翡翠は毒のせいで手が動かなくなり、字は書けなくなったと周囲に言っていたが、もうその必要はない。皆に翡翠が字を書けることが広まり、せがまれて代筆をしたのだ。

字が書けず、読めない者も、翡翠の字が他と比べて美しいことは分かるようだ。感激して、何度も礼を言う姿を見ると、もっと頑張らないといけないという気持ちになった。

結果、翡翠は寝る時間を削って代筆に励むことになった。

「でも、あまり無理しないでね、翡翠。『後宮出立許可状』を書くだけでも大変なのに、その上、文の代筆なんて」

佳耀は心配そうに翡翠の顔を覗《のぞ》き込んできた。このところ寝不足で、目の下に濃く皺《しわ》ができていることを気にされているのだろうか。

「ええ……ほどほどにしておくわ。ところで聞いていなかったけれど、佳耀はどうするつもりなの？」

思い起こせば、佳耀のことについて翡翠はなにも知らなかった。どうして後宮に入ったかという事情についても、どうやら彼女はそれを隠したがっているようだったので、詳しく聞いたことがない。

「私は……頼れる親戚はいないから。そうね、困ったわよね」

「昨日、誰かから文が届いていたみたいだけれど、それはご家族からではなかったのね」

もしかして佳耀は既に行く先が決まっているが、翡翠のことを気にして言い出せないような事情があるのではないかと勘繰って、聞いてみたのだった。

「ああ……それは、古い知り合いでね。大したことではないのよ」

そこにはあまり踏み込んでくれるな、という雰囲気を感じた。もしかして恋人が、とも考えたが、それを聞くのは無粋なのだろう。

「そんなことより、今日は予定よりも早く面談が終わったし、部屋に戻って休んだら？　旺柳も心配していたわよ、働き過ぎだって。私からちょっと言ってくれないか、なんて頼まれたし」

「そういえば、昼過ぎに見かけて以来戻って来なかったわね？　どうしたのかしら」

「面談のことも、『後宮出立許可状』のことも、翡翠に任せていれば間違いないから、ちょっと別に後宮の人たちと話してくる、なんて言っていたわよ」

最近、旺柳はそうなのだ。

後宮に出入りすることにすっかり慣れ、彼がいることを、後宮の誰もが普通だと思っている。そして、侍女頭や宦官長《かんがん》と話しているところを見たこともあった。

（もしかして、皇帝になにか頼まれているのかしらね？）

それが後宮にとって悪いことではないことを願う。

「それじゃあ、私は空腹を満たしてから部屋で休むわ。佳耀は？」

「私はもう少し書類の整理をしてから戻るわ。先ほどの面談の件、向こうがすごく興奮して話すものだから圧倒されて、記録をしきれていないのよ。それから、面談後に後宮から出て行った人たちの記録もつけないといけないし」

そして面談の部屋を後にして、翡翠は厨房《ちゅうぼう》へと向かった、のだが、その途中で一人の女官に呼び止められた。

「そこのお前！」

下級宮女だったときと同じような呼び方が、むしろ懐かしくなった。

今では翡翠は後宮始末官という立場のため、それを好むか好まないかを別にして、後宮内での扱いは変化していた。少なくともすれ違いざまにわざとぶつかられたり、いないもののように扱われたりすることはなくなった。

「畏れ多くも我が主から話がある！　こちらへ来るがいい」

女官姿の者はツンと顎を上げながら、そう偉そうに言うので困ってしまう。

「あの、面談をしたいのならば昼の時間に白廊《はくろう》の間へお越しいただければ……」

「はあ、面談だと？　そのようなことではない！　いいから、さっさと来るがいい！」

そう言いつつ、肩を左右に振って歩き出してしまった。

付いていかないという選択肢もあったが、誰が呼んでいるのか気になって翡翠がそちらへと行こうとすると、

「……行かれるのですか？　ならば、同行します」

聞こえるか聞こえないかという声がして、辺りを見回すと柱の陰に木蓮の姿があった。

「え？　木蓮？」

ずっと翡翠の跡を付けてきたのだろうか。彼の仕事は旺柳の警護のはずなのだが、彼が後宮に来ないときも白廊の間の前で見張りをしてくれていて、それはずっと続いている。

「俺が居たからよいですが、あまりひとりで行動しない方がいいです。誰がどのような企《たくら》みを持っているか分からない」

「ええ……分かったわ」

忠告を受けて頷《うなず》くと、木蓮は翡翠の後方へと下がり、少し離れたところからこちらを見守るように付いてきてくれた。それをありがたく思いつつ、女官の後に付いていった。

「ああ、やっと来たんだね。ずいぶんと遅い登場だ」

顔を合わせるなりそう言われ、別に約束したわけでもなんでもないのだけれど、と思いながら愛想笑いを浮かべておいた。

連れて行かれた先に居たのは寿黄《じゅおう》だった。皇帝と直接話してくる、と鼻息荒く青鷺宮《せいろきゅう》へと行ったものの、酷《ひど》い扱いを受けた衝撃のあまり寝込んでいると聞いたが、見たところ顔の色艶もよく、元気そうだ。

「あの……、私になにかご用ですか？」

「用事があるから呼び出したんじゃないか。驚くほどに馬鹿だねぇ。やはりお前は東翔門の前にぼうっと突っ立っていた方が向いていたんじゃないのかい？」

罵られたことを不快に思うことはなく、ああ、いつもの寿黄だと少し安心した。大変な目に遭って、起き上がれないくらい衰弱していると聞いていたからだ。

寿黄は彼女の居室である大きな部屋の真ん中にある椅子に腰掛け、肘掛けに肘を置いてほおづえをつき、こちらを侮るような目つきを向けていた。

部屋には強い香が漂っていた。一目で高級品だと分かる調度類が揃《そろ》えられていて、宝石で象眼された竜の飾りが置かれ、壁には名のある作家の掛け軸などが飾られている。妃嬪《ひひん》から贈られたものだろうか。

「すみませんが、用事があるのなら手短にお願いできませんでしょうか？」

（お腹《なか》が空いているから、早く用件を済ませたい。それに、きっと無理を言われるに決まっているし）

そんな気持ちで言ったことを見透かされたのか、寿黄は声を荒らげた。

「はあ、偉くなったものだね！　後宮始末官かなにか知らないが、私を急《せ》かすなんていい根性をしているじゃないか！」

もしかして、口を挟まずにはいはいと話を聞いていた方が、結果的に早く終わるかもしれない。

それからしばらく身の程を知れ、というような話が続いた。後宮が解体されるという現状の中で、後宮内の身分についてあれこれ言われても、とは思ったが口には出さず、黙って話を聞いていた。

「……だがね、私もとうとうあんたを後宮始末官として認めざるを得ないようだよ」

「そうなんです、おっしゃる通り私のような者にはおこがましいばかりで……って、え？」

「認めるしかないって言っているんだよ。新しい皇帝がそうさせているんだからね」

なんという掌《てのひら》返しか、と目を丸くしてしまうが、そういえば寿黄は玄大皇帝のときも、彼の寵愛《ちょうあい》をなくした妃嬪には挨拶されても目もくれず、新しく寵愛を得た妃嬪には跪《ひざまず》いて沓《くつ》でも舐《な》めるような人だった。元から権力には巻かれる人だ。

「認めてくださったならば嬉《うれ》しいです」

「なんだい？　それだけかい？　この私が認めてやるって言っているんだよ？　元後宮守の下級宮女だった女が、この後宮の明暗を分ける大切な役割を担うことを許すって言っているんだ。跪いて頭《こうべ》を垂れて、恐悦至極に存じます、くらい言うべきだよ」

これだから学のない下級宮女はいけないね、と言う。翡翠は豪族の娘であるしそれなりの教養はあるのだが、話が長くなりそうなので曖昧に笑って頷いておいた。

「……ということで、私の行き場所を探してくれてもいいんだよ」

「はあ……」

「ああ、あんたにわざわざ頼んでいるんじゃない。私なんて行こうと思えばどこにでも行けるんだ、引く手あまただよ。そうだねぇ、どこかの貴族令嬢の教育係なんていいのかもしれないねぇ。そんな口があったら、応じてやらないでもない」

もしかして寿黄も、最後まで後宮に残ることは嫌だと思っているのかもしれない。それで、遠回しながら翡翠に行き場所を探すように言いたかったのだろう。

「寿黄様にそのように認められて、とても嬉しく思います」

「なんだね、急にしおらしくなったじゃないか」

「寿黄様が理解されている通り、後宮はもう廃止されることに決まっておりますし、せめて私たちにできることは、後宮を出て第二の人生を明るく始めることとです。寿黄様がお気持ちを変えたと分かれば、同じように気持ちを変えてくれる者も多いでしょう。ありがとうございます」

翡翠は心からの感謝を込めて、頭を垂れた。寿黄は気持ちが悪いねぇ、なんて言いながら、まんざらでもない表情を浮かべた。

「話はそれだけだよ。もう行ってもいいよ」

「はい、ありがとうございました」

丁寧に礼を述べて、寿黄から解放されると、廊下の柱に隠れていた木蓮に話しかけた。

「ありがとう、なんてことはなかったわ」

「そうですか。ですが、なにか急な呼び出しをされただとか、誰かに会いに行きたいと思ったときなどは、俺にお知らせください。お供しますので」

では、自分はこれで戻ります、と言って立ち去った木蓮の背中を見つつ、そんな大袈裟《おおげさ》な、とは思ったが、自分が気付いていないだけで誰かに危害を加えられるような恐れはあるのだろうと、気に留めることにした。

それから、ようやく翡翠は厨房へと向かった。

すると塩辛く煮た肉と野菜が入った水餃子《ぎょうざ》があるが、翡翠にそんな余り物を食べさせられない。なにか精がつくものを作るから待っていてくれと言われた。

翡翠は、とてもお腹が空いているからとりあえずは水餃子をもらえるように頼んで、また後で食べに来るからと告げると、部屋までお持ちしますよと言われた。

まるで妃嬪のような扱いだと苦笑いを漏らしながら、たまには外で食べようと、水餃子を手に厨房の外にある長椅子に腰掛けた。

そこからは白煉宮《はくれんきゅう》の中庭を見ることができた。池の真ん中に小島があり、岸から半円形の橋がかかっている。小島には東屋《あずまや》があり、そこへ入れるのは妃嬪だけという決まりになっていた。今ならばそこに座ってもいいのかしらと思うが、そこまでの勇気はなかった。

温かい水餃子を口に入れると、ほっとした気持ちになった。そしてそれを全部平らげたとき、こちらへと近づいて来る者の姿に気付いた。

「どうやら売れっ子になったようだけど、前と変わらないな。こんなところで黄昏《たそが》れて」

それは稜諒《りょうりょう》だった。彼の方も以前とまるで変わらず、飄々《ひょうひょう》とした様子だった。

「売れっ子……そうね。前に、妃嬪たちの代筆をしていた頃を思い出したわ。あのときは、どうか私の文を代筆してちょうだい、いえ、私のを、と妃嬪たちの間で引っ張りだこで、いろんな贈り物をされたり、豪華な食事を用意されたりしていたから」

「あー、そうだった。その頃はもっと綺麗《きれい》に着飾っていて、ツンとすまして歩いて。近寄り難かったなあ」

「またそんな嘘《うそ》を」

「いや、嘘じゃない。それが下級宮女まで身分を落とされて、どうなることかと思っていたけれど、よくここまで成り上がったものだ」

　稜諒はのんびりと言いながら、翡翠の隣に腰掛けた。

「もう百人くらいは後宮から出て行ったか。だんだん部屋が余りはじめた」

「百人まではいっていないわ。六十人よ」

「そんなものか？　みんな、最後まで残されるのは嫌だと、知り合いという知り合いに文を書いているよ。俺も、何人かに代筆を頼まれた」

「ええ？　悪筆で有名な稜諒にまで？」

「そうなんだ、信じられないだろ？　俺、後宮内で商売でもやろうかと思って。代筆屋もいいし、斡旋《あっせん》業もいいかもしれない」

　真面目な表情で言う彼がどこまで本気か分からない。

「翡翠と同室の……香澄だったっけ？　あの子の結婚が決まったのが大きいんだろうな。まさか彼女が結婚できるとは思ってもいなかった、後宮の外は、もしかして美的感覚が違うのかしら、なんて言う人もいて」

「失礼ね。でも、後宮の外にはもちろん多くの人がいるから、それだけいろんな機会があるかもしれないわね。巡り合わせ、と呼ばれるものに遭遇することも多いかも」

「なるほどねぇ、確かに。ただぼんやりと後宮に居るだけよりはいいかもな」

稜諒はそう言いつつ、空を仰いだ。

彼は翡翠よりもずっと前から後宮に居た。外に出たいと思っているのだろうか。

「ただ、宦官《かんがん》の人たちはひとりも出て行っていないのよね」

「出て行けない、が正しいところだな」

「それが今のところ、一番の問題だと思っているわ」

「それは、どうやら君の婚約者がなんとかしようとしているみたいだね」

「え……？　旺柳のこと？　いやいや、婚約者って呼ぶのはやめてよ。もしかしてそんなこともあるかも！　って期待してしまう自分が嫌になるから」

「複雑だねぇ」

稜諒は苦笑いを浮かべる。

「旺柳が、最近後宮内の人たちとあれこれ話しているところを見たことがあるけれど、それはそのためなの？」

「彼、さすが皇帝の側近というだけあって、なかなか油断できないよ」

「もしかして、寿黄様のことも旺柳がなにか動いてくれたのかもしれない……」

翡翠は稜諒に、寿黄から先ほど言われたことを話した。稜諒にとっても寿黄がそのような要望をしてきたことは意外だったようで、興味深そうに話を聞いていた。

「そうなんだ、あのごうつくばりばばあが落ちたか」

「落ちたって言い方はちょっとあれだけど。これで、橘徳妃《きつとくひ》様も考えを変えてくだされば いいのだけれど」

「そうだなあ」

稜諒もその難しさについて分かっているのか、渋い顔で腕を組んだ。

「橘徳妃様は、侍女や宦官たちには出て行きたい者は出て行くがいいわ、と言っているらしいが、そんな様子ではみんな出て行きづらいだろう」

「そうなのよね……。ご本人がどうするつもりなのかも気がかりだし。直接お話をしに行った方がいいかしら？」

しかし、寿黄が気を変えた今の時期に行くのはよくない気がする。もう少し落ち着いてから話しに行くのがいいだろう。

「とにかく、いろいろなことが動き出した気がするわ」

これからもいろいろなことが上手《うま》く行くことを願いつつ、翡翠は夕暮れ迫った空を仰いだ。

第四章　後宮始末官、陥れられる。

「せっかく訪ねてくれたのに申し訳ないけれど、私はここから出て行くつもりはないの。たとえ最後のひとりになっても、後宮を守り切るわ」

後宮《こうきゅう》始末官《しまつかん》の仕事を始めてからふた月ほどが経《た》っていた。

翡翠《ひすい》と旺柳《おうりゅう》と共に橘徳妃《きつとくひ》の住まいである紅椿宮《こうちんきゅう》にある紅香《こうこう》の間を訪ねていた。

既に百人ほどが後宮から出て行っていた。後宮に居た十分の一が居なくなったことになり、残された者には焦りの色もあった。

そんな中で、翡翠は橘徳妃に面会を求め、以前と気持ちが変わっていないかと確認したのだ。ふた月も経てば気持ちの整理ができて、いい意味で諦めがつき、これからのことを前向きに考えてくれるようになっただろうと期待したのだが、橘徳妃は以前と変わらず頑《かたく》なだった。

しかし彼女の侍女たちは少々様子が違う。翡翠と橘徳妃の顔を見比べて、困ったような表情をしていた。

「ですが、橘徳妃様」

侍女たちが橘徳妃の後ろから声を上げた。

「そう望んでも、それはどうやら許されないようです。ならば、行き先がない惨めな女と思われないためにも、徳妃として、早々に後宮を立ち去ることが潔いように思えます」

「そうです、ご実家からも文が届いていたではありませんか？　内容は存じ上げませんが、後宮がどのようなことになったのか知り、心配されているのではありませんか？」

「以前にご実家に帰られるかもしれない、となったときも、文を出した途端にお迎えが来たではないですか」

（え……？　そんなことがあったの？　どういう事情で？）

気になったが、それを聞いている場合ではない。とにかく、橘徳妃には戻る実家があると分かった。それなのになぜ、皇帝が居なくなった後宮にこだわるのかは分からない。

「私は一生実家に戻ることはないと覚悟を決めてここへ来たのです。今更戻れません」

橘徳妃はそっけない態度で言い切る。そこにはなんの迷いもないように思える。

「ですが、その一生居ると決めた場所はもうなくなってしまうのです」

「誰がなくすと決めたの？　そう言っているのは北方からやって来た、王族とはなんのかかわりもない野蛮な逆賊たちだわ。そんな者たちの言うことを聞く必要はありません」

橘徳妃の元に居る五人の侍女たちは、皆、橘徳妃のことを説得したいようだ。翡翠が来たのをいいことに、今まで堪《こら》えていたことを進言しているという様子だった。

実は、橘徳妃には何度も皇帝からお召しがあったのだが、それをずっと拒み続けていた。あの玄大《げんだい》皇帝相手にそんなことができるのか、と驚くべきことなのだが、橘徳妃はそれをやってのけていた。子をなしているわけでもないのに、徳妃の座についたことからも、皇帝からの寵愛《ちょうあい》を感じる。しかし彼女はのらりくらりと皇帝をかわしていた。それは逆に皇帝の気を惹《ひ》くためだと言われていたが、皇帝は橘徳妃との駆け引きを楽しんでいるようで、もしかしてその遊びを続けるために、橘徳妃に皇帝の手が付くことはないのではないかとも言われていた。

そんなことをやってのけていた女性だ、一筋縄でいかないことは容易に想像できた。

「ですが、もうこの国はその野蛮な逆賊たちの国になってしまったのです。そしてそれを招いてしまったのは、間違いなく玄大皇帝の悪政です」

旺柳が声を上げると、橘徳妃は眉尻を引き上げて、不満そうに扇を広げ、口元を隠した。それでも、旺柳は続ける。

「皇帝と後宮とは一蓮托生《いちれんたくしょう》。玄大皇帝が後宮の廃止を招いたようなものです。この国の者たちは後宮の存続を望んでいない。そもそも、この後宮は民たちの税金で維持されていたのです。そこのところをよく考えてください」

そうはっきりと言い切る旺柳を見て、そこまで言う必要はないようにも思えたが、事実なので仕方がない。香澄《こうちょう》の故郷へ行ったときに聞いたのは、後宮に対する否定的な言葉ばかりだった。

　旺柳の言葉に、侍女たちも同意するように声を上げる。

「そ、そうです。もしかして陽光《ようこう》皇帝が一旦後宮を閉鎖して、また新しい後宮を作るかもしれない、そこに入れてもらえるかもしれない、なんて話もありましたが、どうやらそれはないようです。そうなれば、もうここに居る意味はないのでは？」

「反乱軍のことがないにしても、その代の皇帝が亡くなれば、その後宮に居た女性もすっかり入れ替わるのは普通のことです……」

「そのあたりのことを、もう少しお考えになった方がいいかもしれません」

　侍女たちに言われて、少しは気持ちが変わるかと期待するが、そうはいかなかった。

「私のことは私が決めます。今のところ、私は後宮から出る気はありません」

　強情に言い張る橘徳妃の気を変えるのは、それこそ玄大皇帝でもできなかったことだ。

　翡翠にそれができる自信はまるでなかった。

「あなたたちは、出て行きたいならばいつだって出て行っていいのよ。私に気兼ねは不要です。既にひとり、出て行った者もいるし」

　後宮始末官として面談を始めたときに真っ先に来て、母のことが心配だから実家に帰りたいと訴えた橘徳妃の侍女は、既に実家に戻っていた。

　もう二度と会えないと思っていた娘に会えたと母は大いに喜び、容態が持ち直したという文を翡翠宛てに送ってきた。

しかし、その侍女に続いて後宮を出ようと考え、翡翠の元に面談に来た者は、この中にはいない。みんな橘徳妃のことを心配しているようだ。

「ですが、最後のひとりになっても、私は後宮から出る気はありません」

きっぱりと言い切った橘徳妃に、もう誰もなにも言えなかった。

「気長に構えるしかないみたいだね。あの強情な妃嬪《ひひん》も、本当に最後のひとりになったら考え直すだろう」

「うぅーん、そうかしら？」

翡翠は旺柳と共に中庭を歩いていた。夕暮れが迫る中で、心地いい風が吹いて、とてもよい雰囲気ではあったが、話すことは後宮始末官としてのことだった。

「あそこまで強情だと、最後のひとりになったら玄大皇帝に殉じてここに骨を埋《うず》める、なんて言い出しそう。どうしてもここに居たい事情でもあるのではないかしら？」

「どうしてそんなふうに思うの？」

「勘、としか言いようがないけれど。もしかして、密《ひそ》かに思う人が後宮内に居るだとか？」

それならば、玄大皇帝のお召しを拒んでいた理由ともなりえる。

「それは、宦官《かんがん》ってこと？」

「その可能性もあるわね。以前に、とても美形な宦官がいて、妃嬪も宮女も彼に夢中になった、という話を聞いたことがあるわ。その宦官は玄大皇帝の怒りを買って処刑されてしまったらしいけれど」

翡翠が後宮に来る前の話だ。玄大皇帝は自分より優れている者を許さないという性質があって、という話の延長で聞いたことがあった。

「誰か心当たりはあるの？」

「私はそういう話には疎いから分からないけれど、知っている人がいるかも。それとなく聞いてみるわね」

旺柳はやれやれと肩をすくめた。

「女性って、そういう話が好きだもんね」

「そうね、後宮内はとにかく小さい世界だから、誰が誰を好きだとか、嫌いだとか、そんな話がみんな好きなのよ」

「……ところで、不穏な話を聞いたんだけれど」

旺柳が急に立ち止まり、神妙な面持ちで翡翠を見つめるので、よほどのなにかがあったのかと緊張してしまう。

「なに……？　なにか怖い話かしら？」

翡翠は慎重な声色で聞く。

「翡翠は、後宮始末官の仕事を終えたら、故郷に帰るって」

思いつめたような表情で言う旺柳に、翡翠は固まってしまう。

「え？　それがどうかしたの？」

「そんなこと、ただの戯《ざ》れ言だよね？」

確かにそうしようとは考えていたが、それを旺柳に話したことはない。どうしてと考えて……思い当たった。香澄の故郷に行ったときに警護してくれた人たちに迫られ、確かにそう言った。

「まだはっきりとは分からないけれど、そのつもりでいるわ」

「どうして？」

強く迫られて、困ってしまう。どうしてと言われても、自分も後宮人なのだから、ここに留《とど》まるわけにはいかない。旺柳は皇帝の命を受けて動いているのであって、後宮始末官としての役割を済ませたら、翡翠も皇城から去るべきだと思っているのではないのか。

「どうしてって……。私は好きで後宮に来たわけではないし、故郷でずっと暮らしていけたらと思っていたの。後宮がなくなるならば、故郷に帰るのが一番自然だと思うけれど」

「俺は、翡翠にずっとこちらに居て欲しい」

「え……？」

旺柳が翡翠の手を握り、なにかを言いかけたときだった。

「そして、俺の……」

「旺柳様！　大変ですー！」

向こうから警備兵の男が走ってきた。かなり焦っている様子だ。

「すぐに青鷺宮《せいろきゅう》へお戻りください！　秀亥《しゅうい》様がお呼びです！」

彼は恐らく香澄の故郷へ行ったときに同行してくれた警備兵だ。翡翠の方を向いて軽く頭を下げつつ言う。

「いいところだったのに……まさか邪魔をされるとは」

旺柳は忌ま忌ましそうにため息を吐き出した。

「旺柳様、お急ぎください！　私が怒られてしまいます！」

警備兵は急かす《せ》ように、その場で落ち着きなく足踏みをしている。よほどの急用なのだろうと察する。

「ああ、分かった。それじゃあ、翡翠。また来るから」

そう言い残して、旺柳は警備兵と共に行ってしまった。

（しゅうい……って、秀亥先生のことよね？　彼も反乱軍に加わって、陽光皇帝に仕えて、こちらに来ているの？）

秀亥とは翡翠の書道の師であって、旺柳には歴史や文学を教えていた。そういえば、元は灯都《とうと》に居たと聞いたことがあった。その縁で旺柳と共にこちらへ来たのだろうか。

（会いたいような、会いたくないような、複雑な気持ちだわ。秀亥先生に書を習ったことで素晴らしい字を書けるようになったから、それには感謝しているけれど、厳しい人だったし、それに、ねぇ……）

翡翠があまり優秀な生徒ではなかったから、雷を落とされることがよくあった。だからこそ翡翠は鍛えられて巧みに字を書けるようになったという事情があるものの、秀亥のことは苦手で、もし偶然道ばたで見かけたら、一も二もなく裸足《はだし》で逃げたい気持ちだ。

だが、翡翠の師にあたる人なのだから、そのうち挨拶をしなければならないだろうか。

（旺柳も秀亥先生のことが苦手なの？　前は明らかなほど旺柳をえこひいきしていて……いえ、劣等生のお前と比べて旺柳は素晴らしい才能を持っている……って、よく引き合いに出していたし、旺柳には穏やかに接していると思っていたけれど）

旺柳と一緒ならば、秀亥も穏やかに対応してくれるだろうか。それとも、翡翠ももう大人になったのだから、それなりの扱いをしてくれるだろうか。そんなことを考えながら、翡翠は自室へと戻った。

＊

妃嬪の結婚が決まった、との知らせは一気に後宮中に知れ渡った。

宮女とは異なり、妃嬪は玄大皇帝の妻妾《さいしょう》である。そんな女性を娶《めと》りたいという者はなかなか現れないだろうと思われていた。それは、今も残る七十人近くの妃嬪にとって特に喜ばしい出来事であっただろう。

「まさか、詩宝林《しほうりん》に先を越されるなんてね。あんたはなにをやっていたんだい？」

夏嬪《かひ》はわざとらしくため息を吐き出す。

急に白廊《はくろう》の間にやって来たのでなにかと思ったら、どうやら翡翠に苦情を言いに来たらしい。

「私の嫁ぎ先を決めてくれると言っただろ？　そろそろ見つかったかと思ってね」

「そうですね……、夏嬪様に似つかわしい人を探すのになかなか難航しておりまして。誰でもよいと言うのならば……そうですね、百人ほど候補はいるのですが」

「誰でもいいわけないだろう？　きちんとした人でないと困るに決まっている。しっかり探すように」

そう言ってふんぞり返り、偉そうに顎をしゃくった。翡翠は苦笑いである。

「……で、冗談はさておき」

「冗談だったのですか？　真面目に答えて損しました」

翡翠が真顔で応じると、夏嬪はニヤリと笑った。

「真面目に答えたって？　あんたにそんな当てがないことは知っているよ。面談に忙しくて、外との繋《つな》がりなんて持てていないことも、ね。私がせっかく忠告してやったのに」

「夏嬪様にはなにもかもお見通しですね。実はそうなのです。お待たせして、本当に申し訳ないのですが」

翡翠としても励んではいるのだが、なかなか人脈を作ることには時間を割けていないのが現状なのだ。

「そんなことより、詩宝林のことだよ」

夏嬪は扇を取り出して広げ、それをゆらゆらと揺らしながら言う。

「妃嬪であっても嫁に行ける、とは、よい兆候だ。喜ばしいことだよ。今までは皇帝が亡くなったら、その後宮の妃嬪は子が居ない場合、寺に行くことがほとんどだったからね。こうなると、陽光皇帝様々かもしれない」

後宮内では、以前は逆賊、と言い切る声が多かったが、このところ、陽光皇帝を擁護する声をちらほらと聞くようになっていた。それがいいことなのかそうではないのか、翡翠は判断しかねていた。

「詩宝林の嫁入りには、あんたも一役買ったと聞いているよ」

「一役、というほどではありません。私は代筆をしただけですし」

結婚を決めた詩宝林は二十代半ばほどの女性で、妃嬪としては一番身分が低い八十一御《み》妻《め》のひとりであったが、元は貴族の子女だった。実家に文を出すとちょうどよい嫁ぎ先があって、あれよあれよという間に結婚が決まったということだった。

詩宝林は結婚相手とは何度か文のやりとりをしていた。結婚するにも、どんな人か分からないと、と彼女が望んだのだ。その代筆を翡翠が頼まれたのだった。代筆は字を書けない者を優先していたが、詩宝林に大切な文だからどうしてもと頼み込まれた。

「詩宝林は結婚を決められたのは、あんたの文のおかげだと、とても喜んでいたよ」

「いいえ、文の内容がよかったのだと思いますよ。詩宝林様のお人柄が分かる、とても控えめで思いやりに満ちた文でした」

「とにかく、めでたい話だ。ここは盛大に詩宝林を送り出してやることにしよう。宴《うたげ》を開きたいのだが、あんたが主催をしてくれないか？」

「ええ？　私がですか？」

「そうだよ、いい機会じゃないか。あんたの手柄を盛大に知らしめることができる」

「いえ、手柄なんて……」

「それに、このところ後宮では、以前に増して後宮を出て行くか否かで争いが起きている。実際に後宮を出て行く者が多くなってきたからだと思うんだけどねぇ、あちらこちらで険悪な空気を感じるんだ。この前までは出て行かない派だったのにどうして気持ちを変えたのか、と詰め寄る者もいるそうだ。ああっ、いやだいやだ」

夏嬪は扇を大きく振る。もしかして、実際に彼女の近くで、例えば彼女の侍女同士で、そんな争いが起きているのかもしれない。

「そんなときには飲んで騒いで、気晴らしすることも必要だよ」

言われてみれば確かにそうだ。後宮の人たちはめまぐるしく変わる状況に疲れているように思える。そんなとき、華やかな行事があれば少しは気分が変わるかもしれない。

「詩宝林は来週には発《た》つということだけど、宴はその前日か前々日がいいね」

そう言ってから、夏嬪はゆっくりと立ち上がった。

「では、頼んだよ。どんな宴になるのか、楽しみにしている」

「いえいえ、そんな夏嬪様も手伝ってください。私だけでは到底無理です」

「はあ……仕方がないねぇ」

そうして夏嬪の協力を取り付け、翡翠は宴の準備をすすめていった。まずは詩宝林に許可を取り、その後後宮の者たちに宴を開く旨を伝えた。皆は大いに賛成してくれた。これ以上後宮から人が去れば宴など開くことができないだろうから、これが最後の宴とばかりに盛り上げるよ、と厨房《ちゅうぼう》の女性たちも張り切ってくれた。尚服局《しょうふく》の者たちも、主賓である詩宝林のために素晴らしい深衣を用意すると張り切っていた。

急遽《きゅうきょ》決まった宴だったが、尚儀局《しょうぎ》や尚寝局《しょうしん》の者たちの協力も得られ、準備は速やかに進められ、詩宝林が旅立つ前日に宴が行われることになった。

＊

会場である白煉宮《はくれんきゅう》の中庭に大きな提灯《ちょうちん》がいくつも飾られ、長卓の上には豪華な料理が並んでいた。桃包子《ぱおず》が盛られており、誰にも気付かれないようにと手を伸ばすと、佳耀《かよう》にぺしっと手を叩《たた》かれた。

「お行儀が悪いわよ、翡翠」

「いえ、ねぇ……。食べられるときに食べないといけない、という癖が残っているのかもしれないわね」

「悪い癖だわ。もう直しましょう」

佳耀に呆《あき》れたように言われて、翡翠は頷《うなず》いた。

翡翠は宴の主催者として、準備の様子を佳耀と一緒に見回っていた。夏嬪に言われたときには自分が主催など、とは思ったが、皆がとても協力的で、なんとか整えることができた。しかも、この宴準備のおかげで親しくなれた人もいた。面談なんて改まったところで話すのは苦手という人が、立ち話の雑談の延長でこれからの身の振り方を教えてくれた。面談が苦手、という人は他にもいるかもしれない、今後のことを聞くのに別の方法も採った方がよいかもしれない、と気づくことができた。

そんなこともあって、翡翠は宴の主催をやることになってよかったと思っている。夏嬪がそこまで考えて翡翠にこの役割を振ったかどうかは分からないが、機会があったら礼を言おうと思っていた。

会場では、多くの宮女たちが行き来して料理や酒の壺《つぼ》を運んだり、提灯を整えたりしていた。

こんなに皆が忙しく働いている姿を見るのはひさしぶりだった。その慌ただしい雰囲気が、翡翠は実は嫌いではなかった。そして、宴という催し物のせいかみんないつもよりも着飾っていて、それが宴の華やかさを期待させた。

この宴がいつもと違うのは、皆が参加できる宴、ということだった。玄大皇帝のときには考えられなかったことだ。皆で準備をして、皆で楽しむ。そういう宴にしようと翡翠が号令をかけた。

「こんな、皇帝が食べていたような料理を私たちが食べてもいいのかしらね？」

宮廷料理人が腕をふるった料理が並んでいる。実家に居たときには食べられたが、後宮に来てからはとても口にできなかったものばかりだ。酒蔵も食料庫も空にしてしまおうというくらいの勢いだったので、翡翠がほどほどに、と窘《たしな》めたほどである。

「翡翠、あなたは主催なのだから、本来は食べてはいけないのよ」

「え？　そうなの？」

「そうよ。この宴が成功するかどうかは翡翠にかかっているんだから。食べているような暇はないわよ、みんなに楽しんでもらわないといけないでしょう？」

「それはそうだわ！……だったら、先ほどの桃包子はやはり食べておけばよかったわ」

「そうね」

くすくすと笑う佳耀と共に、引き続き会場を見て回った。そして準備は順調か、なにか困ったことはないかと通りかかる人に声をかけていった。

「旺柳にも宴には出席して欲しかったのに。残念だわ」

「ええ、側近のお仕事で忙しいようね？　このところこちらへ来る回数がぐっと減っているわ。後宮始末官はもう翡翠に任せても大丈夫だと思ったんじゃないかしら？」

「そうだと嬉《うれ》しいけれど……」

そんなことを話しているときだった。

なにか大きな荷物が叩きつけられるような音がして、続いて。

「きゃあ！」

耳をつんざくような鋭い悲鳴があがった。

なにがあったのかと翡翠と佳耀は慌ててそちらへと向かった。

中庭の東端にある柳の下に宮女が倒れていた。そばには長卓が置かれ、その上に酒瓶《さかがめ》が並んでいる。

「分からないわ、急に倒れて……」

蒼白《そうはく》な顔をした宮女が、倒れ込んだ宮女の肩に手を当てていた。倒れた宮女は顔を真っ赤にして、喉元を押さえて苦しげにうめき声を漏らしていた。

「なにか急な病かしら？　持病があったとか？」

翡翠が聞くと、介抱していた宮女は首を横に振った。

「元気そのものだったわ。今だって、そこの瓶に入った酒を味見するなんて言って」

「もしかして、その酒を飲むなり倒れた？」

佳耀が鋭く聞くと、宮女は素早く頷いた。

「もしかして、瓶に毒が入っていたとか……」

「ええ？　まさかそんなこと」

翡翠は咄嗟《とっさ》に否定するが、ここは後宮なのであった。

毒を盛られるなんて日常茶飯事だ。翡翠も……かつて毒を盛られたことがあった。そういえば、自分が毒を盛られたときの様子と似ているような気がした。

あのときはそう、とある妃嬪《ひひん》に代筆を頼まれ、その内容を書き留めた帳面を持って自室に戻ったところだった。卓に置いてあった茶を飲むなり呼吸が苦しくなって、首元に手をやってその場に倒れ込んだ。全身が痺《しび》れ、手足に力が込められなくなった。助けを求めようと床を転がり回って、人が来た途端に意識を失い、一命は取り留めたものの、二ヶ月は寝たきりになった。

そのときのことを思い出すと、今でも誰かに背後から首を絞められているような感覚に陥る。

「すぐに飲んだものを吐かせないと！」

翡翠が昔のことを思い出して呆然《ぼうぜん》と立ち尽くしているうちに、佳耀が素早く指示を飛ばした。

「あなた、どこかから水を汲《く》んできてくれないかしら？」

「分かったわ！」

「翡翠は彼女を横向きに寝かせて」

「えっ、ええ、分かったわ！」

佳耀の指示に従って横向きに寝かせると、佳耀が宮女の背中を強くさすった。そして間もなく運ばれてきた水を飲ませ、彼女の喉に指を突っ込んで、飲んだものを吐かせた。

何度かそれを繰り返すと、彼女の顔が穏やかなものになり、呼吸も落ち着いた。毒物を吐き出すことができたようだ。

「どうしてこんなことに……」

困惑した翡翠はそう呟《つぶや》くことしかできなかった。

「宴《うたげ》は……中止にします。こうなったら他にも毒が入っているかもしれない」

翡翠が言うと、周囲に居た者は残念そうな表情をしながらも頷いた。

こうして宴は中止になり、調べた結果、その宮女が飲んだ酒瓶から毒物が検出され、他の酒瓶からも毒物が検出された。

＊

「一体誰があんなことを……。信じられないわ」

白廊の間にて、翡翠は頭を抱え込んでいた。

昨日あんなことがあったばかりだ。今日の面談は中止になっていた。白廊の間には翡翠と旺柳のふたりきり。佳耀は毒のことを調べたいとどこかへ行ってしまっていた。

実は佳耀は毒に詳しく、翡翠が毒を飲まされたときに熱心に看病してくれたのは佳耀だった。それが縁になり親しくなったのだ。今回のことも、佳耀が立ち回ってくれたから被害が少なくなったようなものだ。

翡翠は昨日の事件の仔細《しさい》を旺柳に報告した。だいたいのことは聞いていたはずだが、現場に居合わせた者として、より詳しく話をした。

「誰が毒を入れたかは分からないけれど、特定の誰かを狙ったのではなく、無差別だったろうことが気になるね」

旺柳は神妙な面持ちで言う。後宮でこんなことが起こるなんて、と彼も動揺しているようだった。

「ええ……宴が始まる前に分かってよかったわ。そうでなかったらもっと大勢が毒を飲んでしまったかもしれない。被害を受けた彼女は気の毒だったけれど」

その彼女も、佳耀の適切な処置のおかげなのだろう、朝に見舞いに行ったときにはすっかり元気になっていた。心配をかけてすみませんと謝られたが、今日は一日安静にしているように告げ、解毒の作用がある薬を飲むようにとすすめた。

「使われた毒は、後宮内では簡単に手に入るものなの？」

「ええ、恐らくはキツツキソウの実ですって。私が飲まされたのと同じものだわ」

「え……？」

旺柳の顔色が曇り、なぜそんな表情を、と思ったところで思いついた。

「あれ、言っていなかったかしら？　私、以前に毒を飲まされたことがあるのよ」

「え？　聞いていないけれど」

そうだった。

その当時、家族にも旺柳にも心配をかけてはいけないと、毒を盛られたことは知らせていなかった。ただ、事情があってこれからは友人に文を代筆してもらうことになる、とだけ書いて送ったのだった。

「ええっと、もう十年も前のことだから」

「誰に飲まされたの？」

旺柳がやけに興奮した様子で迫ってくるものだから、翡翠は困ってしまった。

「それが分からないのよ。あのときは妃嬪たちの代筆の仕事をしていて」

そして旺柳にそのときのことを説明した。旺柳は身を乗り出し、ひと言も聞き逃さないようにとしているようだった。後宮の中ではよくあること。当時はろくに犯人捜しも行われなかったのだ。

「誰かに妬まれたってことか……」

話を全て聞き終えた後、旺柳は唇を噛《か》んだ。

「ええ、だから代筆の仕事はやめた方がいいと思ったの。妃嬪たちに求められる仕事で、頼りにされるのが嬉しかったし、字を書くのも好きだったけれど、命を取られたらどうしようもないから」

「それがよかったよ。やっぱり後宮とは怖いところだね」

「ええ。でもまさか玄大皇帝の死後にも、こんな事件が起こるとは思ってもいなかったわ」

翡翠が宴を開催したことが反感を買ってあんなことが起こったのだとしたら、皆の心情を慮《おもんぱか》れていなかったということだろうか。考えてみれば、やすやすと結婚が決まって、後宮を出て行くということは、歓迎するべきことではあるが、そこには妬みや恨みが生まれてもおかしくない。

「私、浮かれていたのかも。後宮始末官としての仕事が順調にいくようになって」

「こんなことを企《たくら》んだ者が悪いだけだ。気にすることはない。それから、誰が毒を盛ったか調べるのは俺に任せて」

「え……？　任せてって……」

「翡翠は後宮始末官の仕事に集中して。ああ、そうだ、後宮に配置する警備兵を増員した方がいいかもしれないね。宮殿の方から人を回させるよ。なにかあったときにすぐに対処できるように」

「それは……」

それはなんとなく嫌だ、と思うのはなぜなのだろうか。もう後宮は廃止される。後宮を出るのも入るのも制限はなくなっている。だが、まだ後宮という形を保っている以上、部外者が入り込むのは好ましくないと考えるからかもしれない。

それに、後宮のことを旺柳が調べることにも抵抗があった。もし犯人が分かったら、旺柳はすぐに皇帝に知らせるだろう、彼は皇帝の側近なのだから。そうなると皇帝の命令で、すぐさまその犯人が死罪に処されるという可能性もある。それはなんとなく気が進まない。

しかし旺柳に、調べないで、なんて言えない。自分で調べて真相を摑めるような自信もない。

「ええ、頼りにしているわ、旺柳」

本心を隠してそう言うと、旺柳は任せろとばかりに、頼もしい笑顔を向けてきた。

＊

異変を感じたのはその翌日からだった。

その日は旺柳も立ち会って面談が行われる予定だったのだが、誰も白廊の間へやって来なかった。翡翠は、もしかして詩宝林のお別れの宴があんなことになって、みんな怒っているのかと勘繰り、落ち込んだが、旺柳はそんなことはないと励ましてくれた。

そして昼過ぎになり、旺柳が後宮から立ち去ってから、面談希望の後宮人がやって来た。

「……だって、あんな人を信用できないから。皇帝に命じられて後宮のことをあれこれ探っているんでしょう」

「え？　どういうこと？」

翡翠が聞くと、その宮女はやたらと扉の外を気にした。そこにはいつも木蓮《もくれん》が見張りに立っていて、それを気にしたのかも知れないと思いついた。

翡翠は立ち上がり、扉の方へと歩いた。

「……ごめんなさい。込み入った話があるから、ちょっと離れてくれないかしら？」

扉から顔だけを出し、木蓮に頼むと、彼は訝《いぶか》しげな表情をしつつも、翡翠の言葉に従ってその場を離れてくれた。

そして元の席に戻ると、宮女は更に窓を開けて外の様子を確かめて、それから声を潜めて話し始めた。

「みんな噂《うわさ》しているのよ。後宮の人たちがなかなか出て行かないから、しびれを切らした皇帝があの人に命じて、みんなを毒殺しようとしたんだって」

彼女がなにを言っているのかよく飲み込めず、ぽかんとしてしまった。

「最初から分かっていたことよ。あの人は反逆者、憎《にっく》き陽光皇帝の手先だったんだから。私たちを油断させておいて、後宮人を処刑することは撤回するなんて温情のあるところを見せつつ、結局は私たちを殺そうとした」

「そんなことないわっ！」

翡翠はつい大きな声を出してしまった。

旺柳に限ってそんなはずはない。みんななにか誤解している。旺柳のことをよく知れば、そんな疑いなど抱かないはずだ。そして、助けを求めるように佳耀に目を向けると、彼女は気まずげに目を伏せ、首を横に振った。

「あのね……こんなこと言いたくないんだけれど。人を信用するのは翡翠のいいところよ、でもね、少し気をつけた方がいいわ。いくら元婚約者とはいえ、無条件に信用し過ぎではないかしら？　彼は陽光皇帝の側近よ、もう故郷に居た頃の彼ではないかもしれない」

「そんなことないわ！　旺柳は昔のまま、なにも変わっていないわ……」

しかし、本当は感じていたはずだ。旺柳は昔の彼ではない。翡翠と会わない間に変わったところがある、と。いつまでも昔のままではないのだと。

「もしかして、後宮始末官の手伝い、という体裁を取りながら、目的は他にあったのかもしれないわね。後宮の、いろんな人たちと話しているところを見たことがあるわ」

佳耀の言うことにはなんの証拠もない。しかし、佳耀は当てずっぽうでこんなことを言う人ではない。そう感じさせるなにかがあってのことなのだろう。

「それに、事件のことを調べるからと後宮にいろんな人が出入りするようになったわ。事件のことを利用して、後宮内のことを調べやすくしたんじゃないか、なんて勘繰っている人もいるわ。むしろそのために事件を起こしたなんて言い出す人もいて」

「そんなことないわよ。みんなになんて言えば分かってもらえるかしら」

「とにかく！」

翡翠と佳耀の話に割り込むように、面談に来た宮女は声を上げた。

「私は殺されないうちにさっさと後宮を出たいのよ。みんな言っているわ、行く当てがあるのならすぐにでも出て行きたいって。でも、どこにも行く当てがなくて」

「そうね……。もしかして、すぐに出て行ける者にだけ温情を与えたのかも。他はもう出て行ける当てがないから、毒殺しようとした……」

「佳耀ってば！　そんなことないわよ！　どうしてそんな怖いことを言うの？」

佳耀は苦笑いで、宮女と顔を見合わせた。みんな、そんなふうに考えているということなのだろうか。

「あのね、あまり旺柳のことを庇《かば》うのはよくないかも。翡翠まで疑われてしまうわ。せっかく後宮始末官の仕事がみんなに認められてきたのだから」

それは本意ではなかったが、飲み込まざるを得なかった。旺柳への疑いを晴らしたかったが、そのためには真犯人を見つけないといけない。心当たりはまるでない。

そして、旺柳のことはとりあえず横に置いて、せっかく面談に来てくれたのだ、宮女の話を聞いた。彼女は元は厨房《ちゅうぼう》で働いていて、食べるのに困らないのであれば、どこでもいいから出て行きたいとのことだった。厨房に居たのならば、皇城外にある飯屋で働くことができるかもしれない。つい七日ほど前に、親戚の紹介で城下町の店で住み込みで働くことになり後宮を出た者がいるから、その人にそんな仕事があるか聞いてみると言うと、近い内にお願い、と手をぎゅっと握られた。

それから夕方までに十人ほどと面談したが、みんな、とにかく早く後宮を出たいと語った。そんな急いで決めなくても、と窘《たしな》めても、そんな場合ではないと、ある者は怯《おび》え、ある者は興奮して語った。先の宴《うたげ》での毒殺未遂事件が、後宮人たちに暗い影を落としていることは間違いなかった。

(早く旺柳が犯人を捜し出してくれたら……。でも、彼自身が疑われているこの状況では、保身のために犯人をでっち上げた、なんて思われてしまうかも)

このことを旺柳と相談したいと思ったが、それから三日は彼は後宮に顔を出すことがなかった。そのうちに旺柳への疑いは後宮中に広がり、あちこちでひそひそと噂話がされていることに翡翠も気付いていた。

そして、三日ぶりに旺柳が後宮へとやって来たときに、事件は起きた。

＊

その日、翡翠はずいぶんと早く目が覚めたので、白廊の間で文の代筆をしていた。

部屋には翡翠ひとりきり。少し開けた格子窓からひんやりとした空気が入り、小鳥の鳴き声が響いてくる。そんな中で、一文字一文字心を込めて文を書いていくのは心地よい。

そういえば、そろそろ自分の実家にも文を書いたほうがよいかもしれない。だが、もうすぐ帰ると書いたらいいのか、しばらく帰れないと書いたらいいのか分からなかった。後宮は廃止になる、とそろそろ故郷にも知られているかもしれない。心配をかけているかもしれないので今の状況を知らせた方がいいと思うが、なかなか気が進まなかった。

そして、もうそろそろ旺柳が来る時間のはず、今日は来てくれるだろうか、と思っているところで、騒がしい声が聞こえてきた。

なにごとか、と思い外に出る。その声は後宮の入り口、東翔門《とうしょうもん》の方からだった。

翡翠がそちらへと向かっていると、多くの者たちが同じように門の方向へと走って行った。『来たらしいわよ』『よくも、ずうずうしい』などと言い合う声が聞こえてきて、翡翠は悪い予感を抱えつつ足取りを速めた。

東翔門前には、多くの宮女、宦官《かんがん》たちが集まっていた。物々しい雰囲気で、中には槍《やり》や剣を持っている者もいた。なにがあったのか、とその輪の中心へと進もうとするが、集まった多くの人たちに阻まれてしまう。ただ、その声がこちらにまで聞こえてきた。

「お前が毒を盛ったんだろう？　みんな分かっているんだ！」

これは寿黄《じゅおう》であろうか。興奮しきった声で、切羽詰まった雰囲気が伝わってくる。

「そうだよ、優しい顔をして恐ろしいことを企んだものだ。すっかり騙《だま》されたよ」

触れたら切れそうな鋭利な声は、恐らく夏嬪のものだ。後宮内で発言力を持ったふたりが共闘し、みんなを扇動してこんなことになっているのだろうか。

翡翠はなんとか輪の中心を見ようと、建物の壁を登っていった。そして、そこに後宮人に囲まれた旺柳とその警備の者たち、五人の姿が確認できた。木蓮の姿もある。

旺柳が東翔門へやって来るなり囲まれてしまったという状況のようだ。こんなことならば、旺柳に文を出して後宮内で疑われていることを先に知らせておけばよかった。

「私たちは、これ以上反乱軍たちに翻弄されたくはないんだよ。ちょっと思い知らせてやらないといけない」

「あんたは皇帝の側近なんだろう？　しかも、ずいぶんと信頼されているようだ。こちらを舐《な》めたらどういうことになるか、分からせてやる」

そして、槍と剣を構えた者たちが一歩旺柳の方へと踏み出した。

旺柳はその場から微動だにせず、周囲にいる人々を見つめている。旺柳の警備の者たちは、剣の柄《つか》に手をかけた。

「ちょっと、なにをしているの？　みんなやめて！　こんなこと、どうかしているわ！」

翡翠は声の限り叫ぶが、その声は群衆の中でかき消されてしまう。

「捕らえて後宮の牢《ろう》に入れるよ！　殺してしまっても構わない！」

そんな声が響き渡ると、周囲の者たちから歓声にも似た、異常な声が上がった。

危険をはらんだ盛り上がりだ、と翡翠は感じていた。誰かを傷つけても、殺しても、目的を果たすためならば構うものかといった危うさに満ちている。

どうしたらいいのか、と翡翠が切羽詰まった気持ちでいると、

「待て！　なにを疑っているか分からないが、私を殺したら後宮に大挙して兵がやって来

る。お前たちの命など風前の灯火《ともしび》だ、死にたくはないだろう？」

旺柳の声が上がる。それに対して夏嬪が言う。

「はん！　なにを言っている？　そんな脅しに屈するものかい！　あんたひとり死んだところで、そんな大事になるはずが……」

「それがなるから困るんだ」

旺柳はいつもの冷静な声で言い、苦笑いを浮かべた。

「隠していたのだが、仕方がない。私が皇帝なのだ」

旺柳の言葉に、興奮しきっていた者たちの声がやんだ。水を打ったように静かになる、とは正にこのことだろう。

（え？　旺柳ってば、なにを言い出すの？）

翡翠も狐《きつね》につままれたような気持ちだった。もしかして自分は旺柳の姿を見ようと壁を登ったはいいが、実は途中で落ちて意識を失っていて、これは夢の中の出来事なのだろうかと疑ったくらいだ。

「お前たち、剣から手を離せ」

旺柳の言葉に、彼の背後にいた警備兵たちは渋々、といった表情ながら、剣の柄から手を離した。

「まずは身分を偽っていたことを詫《わ》びよう。申し訳なかった。だが、私は自分の目で後宮がどのような所であるかを確かめてみたかったのだ。後宮は廃するべきであり、後宮人たちは全員処刑するべし、という決定を出したが、本当にそうするべきなのか迷っていた。結局、処刑は撤回し、後宮は廃止すると決めたが、その廃止する後宮について、もっと理解を深めるべきだと考えた」

そう語る旺柳は、ただ優しいだけの青年ではなく、威厳と誇りに満ちていた。

「私の背後にいるのは皇帝を身を挺《てい》して守ろうとしている者たちで、かなりの手練《てだ》れだ。戦闘に慣れていないお前たちが束でかかってきたとしても、ものの数ではない。ここにいる全員を殺すのに半刻《はんとき》もかからないだろう。だから、どうか引いて欲しい」

その言葉に圧倒されたように、今まで槍や剣を構えていた後宮人はぐっと息を呑《の》み、さっとそれを下げた。

旺柳は神妙な表情でひとつ頷《うなず》き、更に続ける。

「話を聞けば、私が先の宴で毒を盛ったと思われているようだな？」

旺柳は寿黄へと視線を向けた。

彼女は先ほどまでの勢いはどこへやら、ひとつ頷くことだけでそれに応じた。

「あの宴のときには私は青鷺宮に居た。私に毒を入れることはできなかった。とはいえ、私が誰かに命じて毒を入れさせた、と考えることもできるだろう。だが、私がそんなことをさせてなにになる？　その気ならば、処刑を撤回するようなことはせず、さっさとこの後宮を無人にしている。私は、玄大皇帝とその一族たちをあっという間に殺した、冷酷無比な皇帝だ。皇城へ攻め上って来るまでに多くの人々をあやめている。今更、ここに居る者たちを残らず殺すことでおこる批判など恐れていない。というより、歓迎されるだろう。それほど、後宮を憎んでいる民は多いからな」

旺柳の言葉に、彼を取り巻く後宮人たちの輪がみるみるほどけていった。

「後宮に居る者たちに新たな生活の場を見つけて欲しいと願うことに変わりはない。実際に見聞きをして、後宮人たちもまた、先の皇帝の被害者であることが分かった。苦い思いをしてきた者が多い、と。そんな者たちを先の皇帝と同じように処刑するのは気の毒だ。どうかこの小さな箱庭から解放されて、新たな人生をはじめて欲しい。先の毒殺未遂については……それを快く思わない者の仕業なのだろう。不安であろうが、どうかしばらく耐えてくれ。どうしてあのようなことが起きたのか、必ず解明してみせる」

旺柳が言い切ると、彼を取り巻いていた後宮人たちは互いに目配せをし合った。

「……分かりました、あなたのことを信じます」

今まで旺柳のことを侮るような話し方をしていた夏嬪も、皇帝相手にそれではいけないとさすがに気を遣ったのだろうか。頭《こうべ》を垂れ、尊敬の意を示した。

それを合図にしたように、次々と声が上がる。

「申し訳ありませんでした……」

「不安だったのです。後宮が廃止されるのに、行き場所もなくて……」

「考えてみればあなたが毒を盛ったなんて……考えづらいことです。なぜそんな噂《うわさ》を信じてしまったのかしら」

「きっと疲れていたのだと思います」

そんな後宮人たちの声を聞いた旺柳は、胸に手を当て、大きく頷いた。

「皆の不安は分かる。また、こちらも不安にさせるようなことをして申し訳なかった」

旺柳は身体《からだ》を一歩引いて、深々と頭を下げた。

その様子に、後宮人たちが息を呑んだのが分かった。

玄大皇帝はなにがあっても頭を下げるなんてことは決してなかった。

しかし旺柳は、陽光皇帝は頭を下げている。しかも、処刑されるはずだった後宮人たちに対してだ。

それは、陽光皇帝は玄大皇帝とは明らかに違う、と決定的に示した出来事だった。

人々の顔が、明るくなったように感じる。そして旺柳を見る目が今までと変わっていた。

あっさりと旺柳を皇帝と認めたようだった。

そんな中、翡翠だけが戸惑っていた。

(え……？　旺柳が皇帝？　なにそれ……？　なんの冗談？　そんなことあるはずないじゃない。あの優しい旺柳が？)

翡翠はこれ以上この場に居ることができなくて、ゆっくりと壁をつたって下り、そのまま白廊の間にも行かず、自室へと戻って扉を閉めた。

そして扉を背にして床に座り込み、しばらくその場から動くことができなかった。

＊

その日は何人かが代わる代わる翡翠の部屋にやって来て、旺柳が話があるから来るように言っていると告げられたが、今日は悪寒がしてお腹《なか》が痛くて頭も痛い、脈も乱れて今にも気を失いそうだから、誰にも会いたくないと扉の前で対応した。

皇帝である旺柳と話す決意はつかなかった。

今まで信じていたものが全て崩れ去ったような気持ちになっていた。もうなにを信じてよいのか分からない。

……のだが、翌日になると意外とあっさり立ち直った。

朝食を済ませるとすぐに白廊の間へ向かい、てきぱきと面談の準備を始めた。間もなくして佳耀もやって来て、翡翠を気遣うような言葉をかけた後、彼が皇帝だと知らなかったのかと聞いてきた。

「もちろん知らなかったわよ。知っていたら、一緒に旅なんてできないでしょう？」

翡翠はこともなげに言ってのけた。

「それは……そうよね。私もまったく気付かなかったわ」

「もう旺柳に後宮人たちの面談を手伝ってもらうなんてできないわね。私は、旺柳に後宮始末官に任じられたのだから、その役割を果たさないと」

早く準備しましょうと言うと、佳耀は無理しているのじゃないかと聞いてきたが、そんなことはないと否定した。

そして面談が始まろうかという時間になって、旺柳が白廊の間へとやって来た。

「翡翠……本当に申し訳なかった」

彼は一晩寝てすっかり元気を取り戻した翡翠と違って、顔色が悪く目が虚《うつ》ろだった。昨夜は一睡もしていないのだろうか。

「申し訳ない、ってなにが？　ああ、皇帝だって隠していたこと？」

「そうだ、つい言いそびれて」

「ええ、気持ちは分かるわ。私は皇帝のことをずっと悪く言っていたもの。それが自分だなんて言い出せないわよね。ごめんなさいね、でも、陽光皇帝は後宮人の私にとっては敵にしか思えなかったから。彼の手の者に私は殺されかけたし……」

「え？　殺されかけたって、なにそれ？」

「いいの、なんでもないわ。それより、まさか旺柳が皇帝だなんて思っていなくて。今までの非礼をお詫びしないといけないわ」

翡翠は旺柳の前に進み出て、頭を下げた。

「知らなかったこととはいえ、どうぞお許しください」

翡翠は頭を下げたままで言う。

「今思えば、数々の暴言、一度口から出たことは取り返しようがありませんが、愚かな女の戯《ざ》れ言だと聞き流してください。あなた様のことをなにも存じ上げなかったのです」

「翡翠、怒っているんだね？」

そう言われてはっとする。

そうか、これは怒っているのかもしれない。他の人を偽っても、自分にだけは明かして欲しかった。

「お、怒ってなんていないわ」

翡翠は頭を上げて、強がってそう言う。

「それより、皇帝陛下に私の手伝いをさせるわけにいかないわ。昔馴染《むかしなじ》みだからと気にしてくれているのだろうけれど、私は大丈夫。全て任せていただいて問題ありません」

「心配してなどいない、翡翠に任せておけば大丈夫だろう。でも……」

「それに、皇帝と面談なんて、みんな緊張してなにも話せなくなるわ。皇帝として、なすべき仕事が他にたくさんあるでしょう。そちらの仕事に集中して。あなたは、多くの人たちの気持ちを背負って、皇帝となったのだから」

そう言うと、なぜか旺柳は泣きそうな表情となった。まさか、こんないい歳をした男性が泣くなんてあり得ないと思うが、まるで翡翠と婚約していた頃のようなあどけなさを残した表情だった。

「……分かった、そうすることにしよう」

その言葉はとても冷たく響く。

そして旺柳は先ほどの表情とは一転、硬く厳しい顔つきになった。

これが皇帝としての旺柳の顔なのだろうか。

旺柳との距離が一気に遠くなったような、そんな気がした。自分から距離を置くような発言をしておきながら、そんなつもりではなかったのだと言いたくなる。

「では、後宮始末官の仕事は全て翡翠に任せる。それにあたって、皇帝として要望がある」

「えっ、ええ、なにかしら？」

いつもと違う口調に、緊張した翡翠は声が上ずってしまう。

「この面談で個々の希望を聞くのはいいが、効率が悪い。後宮から出て行った者の数はようやく百、十分の一ほどだ。出て行く先がある者は既に出て行った、これからはその動きは鈍くなるだろう」

「でも、ひとりひとりの希望を聞かずにどうするの？」

「特に女性の話は長い、なかなか本題に入らないことはしばしばある。直接話を聞かずとも、その希望をなにかに書かせて、まとめればいい。そして、希望に添うような行き先を探してはどうだ？　その方が仕事が速く進む」

「それはそうかもしれないけれど、はっきりとこうと決めている人は少ないってことは、旺柳も面談の中で分かっているでしょう？　話を促しているうちに、どうしたいか分かる人もいるわ」

翡翠は困り果ててそう言うが、旺柳はきっぱりと言う。

「結局自分の意思を示せず、面談の時間が無駄になることも多々ある」

「むっ、無駄だとは思わないわ。それで、気持ちの整理がついたら、いずれ自分がどうすればいいのか分かるだろうし」

「無駄だ、そんなことに付き合っている時間はない」

そう言い切る旺柳を見て、彼は本当に自分が知る旺柳かと疑いたくなった。

皇帝として要望がある、と言っていた。

ならばこれが皇帝としての旺柳なのだろう。今まではきっと元婚約者として翡翠に甘く接していたのだ。自分が皇帝だと露見した今、後宮始末官としての仕事を任せる以上、そんな遠慮はしていられないと思ったのかもしれない。

「あの宮女の故郷へ行ったときに見ただろう？　この国の現状について。やるべきことはたくさんある。街道と橋の整備、水害に遭った者たちへの援助。それには金が必要だ。いつまでも後宮に回せる金はない」

それは充分理解できている。反論はできない。

だが、旺柳が後宮の人たちをないがしろにしているようで、それを悲しく感じてしまう。今まで、同じ方向を見て歩んでいるように思っていたのに、そうではなかった。

「一年、と期限を決めたのは覚えているよね？　この調子で、本当に一年後にはこの後宮を空っぽにできる？　もし、そのときになったら猶予をもらえるかも、なんて考えているならばやめて欲しい。それが、後宮人たちの処刑を回避するために協議した、秀亥や、他の重臣たちと決めた譲れない線なんだ」

「秀亥……先生？」

「そうだ、秀亥は今、宰相という立場にあって、俺にあれこれと助言をしてくれている。皇帝となれたのも、秀亥が導いてくれたからなのだ」

では秀亥が旺柳をけしかけたのか、と翡翠は考えてしまう。

おかしいと思っていた、旺柳はまさか皇帝になろうなんて、兵を起こそうなんて考えるはずがない人だった。将来は医者か学者になりたいと言っていた。それが、秀亥が旺柳をそそのかして、皇帝にしてしまったに違いない。旺柳が変わってしまったのだとすれば、それは秀亥のせいだと翡翠は思った。

「……旺柳は、秀亥先生の言いなりってことなのね。秀亥先生が言ったから兵を起こして皇帝にまでなって、秀亥先生が言ったから後宮に居る人たちを全員処刑しようとした」

「そんなことはない。確かに秀亥は俺が皇帝になるために力を貸してくれたが、俺は望んで皇帝になったのだ。なにも、秀亥の言いなりになっているわけではない」

「だったら皇帝の権限で、後宮のみんなが行き場所を決めるまで、後宮を存続させることにしてよ」

「そういうわけにはいかないと言っている。皇帝になったからこそ、ひとりの意思だけでは動けない。そんなふうにしていたら、それこそ玄大皇帝の二の舞だ。なんのために玄大朝廷を討ったのか分からなくなる。そんなことを言ったら、秀亥にも呆《あき》れられる」

旺柳の言う通りで、翡翠はなにも言えない。皇帝である旺柳に対して、なんて浅はかなことを言ってしまったのかと、自分が恥ずかしくなった……のだが、翡翠は勢いで言ってしまう。

「秀亥先生に呆れられるって言うけど、呆れられてもいいじゃない。というか、どうしてそこまで秀亥先生を信頼しているの」

「秀亥はとても優れた人物だ、唯一無二の人物と言っていい」

「私には分からないわ。そんな素晴らしい人物には思えない」

「なにを言っている？　俺は秀亥の助けがなければ、とても皇帝になんてなれなかった」

翡翠はなんだかむかむかしてしまっていた。

どうしてそこまで秀亥のことを信じ切っているのか。旺柳と秀亥の間に、自分との関係以上の強い絆《きずな》を感じてしまう。

そして混乱するあまり、とんでもないことを言い出してしまう。

「秀亥先生と私とどっちが大事なの⁉」

「はあ？　なにを言い出すんだ？」

「答えてよ、秀亥先生と私とどっちが大事なのよ？　どっちの言うことを聞くの？」

旺柳は困惑した表情を浮かべた。それは当然だ、そう聞いた翡翠自身も自分がなにを言っているのか、どんな答えを期待しているのか分からなくなっていた。

「もちろん、翡翠は大切だが、今、皇帝として必要なのは秀亥だ。秀亥はこの国全体のことを考えて、一番よい助言をくれる。この国を治める上で、秀亥は必要不可欠な人物だ」

負けた。

秀亥に負けた。まさかの事態に震える。故郷に居るときには、彼はただの雇われ教師であったのに。自分が後宮に居る十年の間に、秀亥は旺柳の中に深く入り込んでいたのだ。

なんという不覚、後宮になんて居る場合ではなかった、望んだことではなかったが。

「でも……やっぱり一年なんて短すぎるわ。なんとかならない？」

「ならない」

きっぱりと言い捨てる旺柳に、翡翠は悲しい気持ちになってしまった。

かつての旺柳だったら翡翠の言うことはなんでも聞いてくれた。それは立場が今とは違うからだと分かっていても、どうしても過去を引きずってしまっている。それに甘えている自分が嫌になる。

「……分かりました、なんとかします」

「そんな心意気ではなく、なにか具体的な策を示して欲しい。今すぐにとは言わないが」

まさか旺柳がそんな厳しいことを言い出すとは思っておらず、なにも言い返すことができなかった。

そうなのだ、旺柳は昔の旺柳ではなくもう皇帝なのだ。それがはっきりと分かった。

「分かりました、考えます……」

翡翠は堪《たま》らない気持ちになりながら、そう言うより他になかった。

旺柳はなにも言わず、そのまま部屋から出て行った。翡翠は顔を上げることもできず、ただ旺柳が立ち去るのを扉が閉まる音だけで確かめた。

第五章　元婚約者の立場とは？　私、聞いていません！

旺柳《おうりゅう》は寝る間も惜しんで猛然と几《つくえ》に向かい、山と積まれた書簡に目を通し、各所へと指令書を書いていた。

新たな皇帝として、やらなければならないことは山積していた。まずは人事の問題である。皇城には先の玄大《げんだい》皇帝の下にいた重臣も役人も残っていた。先の皇帝に仕えていた者は残らず皇城から追い出すべきかもしれないが、事情があった。

そもそも、あっさりと玄大皇帝を討てたのは、皇城内に玄大皇帝の世を良しとせず、新たな皇帝を擁立する動きがあったからだ。

かつて将来を嘱望された優れた皇太子がいたそうだが、玄大の反感を買い処刑されてしまったという。玄大の血筋にはもう皇帝として相応《ふさわ》しい者は残っていない。ならば血筋によらず相応しい者を、という考えになっていったそうだ。

旺柳が皇帝になるために協力した重臣は残し、その他の者は捕らえた後に詮議にかけた。玄大皇帝に近しく、本来ならば玄大皇帝の暴挙を止める立場であった者は処刑した。玄大皇帝の配下の者でも、彼のやり方に疑問を持っていて、かつ優秀である者は陽光《ようこう》皇帝の世でも残すことにした。役人も同様であった。市井だけではなく、玄大皇帝は皇城内でも大きな反感を買っていて、彼のやり方に渋々従っていた者は多かった。そんな者たちの手腕は、新たな世でふるってもらうことにしたのだ。

秀亥《しゅうい》にそんな甘いことでいいのか、前の主を裏切った者には、いつ同じように裏切られるか分からないぞと言われたが、そのときは自分がその程度の人物だということであるから、致し方がないと説得した。

旺柳は北方からぽっと出て来た豪族である。各地の豪族たちを引き連れて灯都《とうと》まで攻め上がってきたので味方は多いが、それは戦うという能力に長《た》けた者たちで、その者たちが政《まつりごと》でも手腕を発揮できるかといえば疑わしい。ならば、政に携わったことがある者の力を借りた方が物事が早く進むと考えた。

政を行うのに要となる三省、尚書《しょうしょ》省、中書《ちゅうしょ》省、門下《もんか》省は既に長官と副長官を任命し、その者たちに、それぞれの省に所属する役人を選べと通達していた。旺柳はその報告を受けて、許可を出していた。

それから、なにより大切なのは玄大皇帝の治世に滞っていた治水工事や道路整備を進めることだ。優先度を考え、迅速に進めていかなければならない。その土地で人を雇って工事を進めることも考えていた。なににしても、この国では仕事が足りず、その日食べる物にも困る者が大勢いる。先の旅でもそれがよく分かった。公共工事で仕事を生み出し、賃金を与え、少しでも民の暮らしが楽になればいい。そしてそんな者たちに指示する者には注意が必要だ。役人にはその立場を利用して強硬な態度を取る者も少なくなく、本来ならば仕事に携わった者たちに与えるべき給料の上前をはねることもある。そのようなことがないように、役人たちを監視する部署を作り、また罰則も作る必要があるかもしれない。

考えなければならないことはたくさんあった。

そんな中でも気を抜くと、ふと考えてしまう。

翡翠《ひすい》には言い過ぎてしまった。

いや、伝えた内容に間違いはないのだ。それは以前から思っていたことで、いつか伝えなければならないと思っていた。しかし、急に後宮《こうきゅう》始末官《しまつかん》として任命され、戸惑いながらもその役割を果たしていた翡翠には、なかなか厳しいことは言えなかった。

だが、手伝いはもういらないと言われたため、伝えるのは今しかないと判断したのだ。

翡翠は傷ついただろう。

しかし、翡翠ももう子供ではない。後宮始末官として仕事をこなす上で、必要なことを言っただけだ。公私混同せず、あくまでも皇帝としての意見だと捉えてくれればと思うが、それは難しいだろうとも知っていた。

翡翠が皇帝の正体が自分の婚約者だと知ったのはつい先日だ。心の整理ができていないだろう状態で、皇帝としての言葉など届くはずがない。

翡翠は皇帝のことを嫌っていた。傍若無人で極悪非道で人でなしだと言っていた。それが自分の婚約者だと分かり、それをすぐに受け入れろと言っても無理な話だ。そんな状況でこちらの要望を述べたところで、翡翠には負担になっただけだったろう。

(分かってくれ、翡翠！　俺はあくまでも皇帝として……！)

心の中でそう叫ぶが、それは翡翠へは届かない。直接翡翠に伝えたいが、怖くてできない。この前も妙に他人行儀に接してきた。今度もそのようにされたらどうしよう、自分はもう生きていけないかもしれない。

「あの……失礼いたします、旺柳様？」

不意の声に驚いて見ると、そこには木蓮《もくれん》の姿があった。彼には翡翠の警護を任せているという事情もあり、皇城内の多くの場所に自由に出入りできるようにさせていた。

「申し訳ありません、部屋の外から声を掛けたのですが、応答がなかったものですから」

「よもや、翡翠になにかあったのか！……やはりあの毒殺未遂事件は翡翠を狙ったものだったのか？　それとも疲労から病でも得たのか？　ああ、こうしてはいられない」

立ち上がって部屋から出て行こうとする旺柳を、木蓮が押しとどめる。

「違います、落ち着いてください。本当に、翡翠殿のことになると人が変わられると言いますか……。あんな朝から粥《かゆ》を三杯もおかわりするような、生命力に満ち満ちている女性にそうそうなにかあるはずないのに……と、失礼いたしました」

「そうか。ではなんの用事だ？」

まるでなにもなかったかのように澄ました顔で椅子に戻ると、木蓮は呆れたように嘆息した。

「例の宴《うたげ》で毒を盛った人物を調べさせているのですが、難航しています。どうも、後宮外の者たちが後宮内のことを調べていることに難色を示されているようで、皆一様に口が堅いのです」

「そうか。ならば、後宮内に協力者を得た方がいいかもな」

木蓮とこれからの調査について話し合う。初めは木蓮のことをただの門番としか認識していなかったが、思った以上の働きをしてくれており、今では信頼を寄せていた。

そして、なにより彼は翡翠と旺柳の縁を結んでくれた人物である。あのとき、木蓮が門の前で座り込みをしていた翡翠から文を預かって旺柳に届けなかったら、旺柳は翡翠が生きていることを知らず、翡翠を含む後宮の者たちを全員処刑していたのだ。木蓮本人には告げていないが、そのことに恩義を感じていた。たまに失言とも取れる発言をすることがあったが、そんなものは些細《ささい》なことだ。

「ところで、翡翠はどうしている？　変わった様子はあるか？」

「そうですね、なにも変わったところはないように思えます」

「そうか」

「その、なにも変わったように見えないところが問題かとも思いますが」

木蓮の言う通りだ。取り乱して当たり散らしてくれた方がまだいいというように思える。

旺柳は頭を抱え込んだ。

「……やはり翡翠には初めから、俺が皇帝であることを明かしておくべきだったか」

「どうでしょうか……？　私にはそうとは思えません。皇帝を敵視していた状況で明かせば、こちらの言うことになど耳も貸さずに拒絶していた可能性もあります」

ならば、今の状況の方が少しはましであるのだろうか。

よそよそしい態度は取られたが、とりあえずは会ってくれるし話も聞いてくれた。時間をおいて、翡翠の中でもう少し理解が進めば、以前のように親しく話してくれるようになるだろうか。

「俺は、故郷に居たときのように翡翠と接したいだけなのに」

「それは少々無理があるのではないでしょうか。お互いに立場が変わってしまったわけですし……と、失礼いたしました。また差し出がましいことを申し上げました」

では自分はこれで、と木蓮は出て行ってしまった。

確かに今は皇帝と後宮始末官という立場であり、皇帝としては後宮を速やかに閉じるために、翡翠にはもっと励んでほしいと思っている。だが、婚約者という立場からすると、無理なく翡翠らしく仕事を進めてほしい。そのために今まで補佐をしていたが、それももうやらなくていいと言われてしまった。

（一体どうすればいいのか……。なににしても、翡翠にだけは嫌われたくない……が、もう嫌われてしまったか？　俺は翡翠があんなに嫌っていた皇帝であるわけだし）

堂々巡りの思考に囚《とら》われ、悶々《もんもん》としながら書簡に目を通していると、扉を叩《たた》く音がした。

応じると、秀亥が部屋に入ってきて、旺柳の几の前に立った。

ここしばらくは後宮に行かずに皇帝としての仕事に集中していた。そのことを褒められるだろう、と思っていたのだが。

「翡翠となにかあったのか？」

秀亥には全てお見通しだった。

このところ食欲がなくて食事をほとんど残し、夜も眠れずに目の下に濃くくまができていることからそう察したのだろう。だが、もちろんそれを肯定するような愚は犯さない。

「なにを言っている？　ああ、もしかして私が最近後宮に行っていないからそのように思うのか？　それは違う。もう翡翠に任せても問題ないと思ってのことだ。彼女はよくやってくれている」

「……。やはりなにかあったのか。別に隠す必要はない。報告は受けている。翡翠に自分が皇帝だと隠していたが、それが露見したのだな？」

誰がそんな余計なことを秀亥に話したのだろう。もしかして、秀亥は自分に監視を付けているのではと疑う。

（いや、そんなまさか。秀亥との間には秘密を作らないという約束だ）

とはいえ、翡翠のことについて秀亥に隠していることが多いので、お互い様だろうかとも考える。

そして、不意に秀亥に関して翡翠に言われたことが気になった。

（翡翠は……秀亥のことをあまり信用していないように思える。俺があまりにも秀亥、秀亥、と言ったからかもしれないが、それ以外のなにかがあるような気がする）

翡翠は勘が鋭い女性だ。やはり秀亥になにかあるのか、と思いかけたが、そうではないとすぐに考えを霧散させた。よくよく思い出せば、故郷に居た頃もふたりはさほど仲良くなかった。厳しい先生と、あまり熱心でない生徒としての対立関係があったように思える。

（確かに、俺には秀亥を信頼しきっているところがあるかもしれないが……と、なにを考えている？　皇帝として、宰相のことを信頼するのは当然のことではないか。そこの信頼関係が崩れれば、政なんてやっていけない）

秀亥はそんな旺柳の疑念には気付かない様子で話を続ける。

「やはり後宮の者など皆殺しにした方がいいのだ。悪《あ》しきものでしかない」

秀亥のその言い様に、旺柳は違和感を覚えた。

そういえば、殊更に後宮は廃止するべきであり、そこに居る者は全員処刑するべきだと主張したのは、秀亥であったような気がする。

秀亥は以前は皇城で仕えていたが、事情があって灯都を離れた。その後、流浪の旅に出た先で翡翠の父親に雇われて翡翠に書の手ほどきをすることになり、その流れで婚約者である旺柳にも文学や歴史を教えるようになった。

この口ぶりからして、もしかして後宮に私怨があったのだろうか。

例えば、後宮にうつつを抜かす皇帝に愛想を尽かして皇城を離れ、それゆえ後宮を恨んでいるだとか。

(秀亥は皇城でなにをしていたのだろうか？ 官吏だったとは聞いているが。皇城に仕えていたならば、それなりの家柄だったのだろうか。そういえば彼の家族のことは聞いたことがなかった)

皇城を離れることを告げると、父親に勘当されたと言っていたが、それは本当なのだろうか。その父親はどこに居るのか、まったく分からない。秀亥は宰相として、議会の席などでは顔をさらしている。彼の父親、あるいは親族、知り合いなどに面会を求められることがあってもよさそうなものだが、そんな話はまるで聞かないし、そんな気配もない。彼の父親は皇城には居ないということだろうか……いや、父親も皇城で働いていたと聞いたことがあった。家族の話をするのは好まないようなので、遠慮して詳しくは聞いておらず、どんな立場にあるのか、いかなる役職についているのか分からない。その話しぶりからして皇帝のすぐ近くで働いているような感触だったが。

「ところで、秀亥はこちらの出身だと聞いていたが、父親には会えたのか？　他のきょうだいたちにも」

いつも仮面のように表情を動かさない秀亥の眉根に微妙に皺《しわ》が寄ったのを、旺柳は見逃さなかった。

「……そうだな、父はどうやら隠居して他の土地に渡ったらしい。きょうだいたちもそれについていき、こちらには誰も残っていないようだ」

どうにも歯切れが悪い。

（やはりなにかを隠している……？　一体なにを？）

だが、無理に聞いてもはぐらかされてしまうだけだろう。気になるが、そこまで突っ込んで聞くまでもないことだろうか。

旺柳は気持ちを切り替えるように、大きく息をついた。

「そうか、お前の父親や親族が官吏として残っているのならば、それなりの役職に取り立てる必要があるかと思っていたのだが、その必要はないのだな」

「もし私の親族がいて、そう望んだとしても、そうする必要はない。国の要職は、血筋ではなくその能力によって決めるべきだと以前から言っている」

秀亥は以前からそのような考えで一貫している。この国は血筋を重要視するあまり、こんな荒廃した国になってしまったのだと。民間から優秀な者を試験によって選び、官吏に取り立てているが、それでもまだ足りない。国の要職に就いているのは家柄が優れた者ばかりだ。そんな現状を打破しようと、兵を起こして玄大皇帝とその側近たちを廃したのだ。

「分かっているが、自分の親族を取り立てて欲しいとはお前は言いづらいのかと思って一応聞いてみたのだ」

「分かっていない。その血筋を重視する考え自体が間違いだと以前から言っているはずだ。そのような考えで作られた政府など、本来ならば全て廃して作り直したいところだが、そうもいかないのが悩ましいところだ」

そして秀亥の、いかに前皇帝の政府が悪しきものだったか、それに付随して後宮がいかに悪辣な場所なのかという話が続く。彼は本当ならば遷都したいとすら考えている。しかしそれは今の状況では無理だと分かっているので、苦渋の決断ながら、前皇帝の体制を一部引き継いで新しい政府を作ろうとしている。そうでないと、この国の機能が一時的にでも止まってしまうからだ。

「だいたい、玄大が皇帝となったのが間違いなのだ。あやつが皇帝になれた要因は、前皇帝の子だということだけだ。兄たちがばたばたと病で倒れ、ある者は罪を犯して太子の座を廃され、それで他の者がなりようがなく、仕方なく皇帝に選ばれたようなものなのだ。

玄大皇帝に仕える羽目になった者がどのような憂き目にあったか。あのようなことは二度とあってはならない」

（……直接、玄大皇帝のことを知っているような口ぶりだ。こちらが知り得ない何かがあったのか？）

疑念を抱きながらも、私怨があったとしても秀亥の主張に同意する気持ちは変わらない。いつかこの国を平和に治められる日が来たら彼から話してくれるだろうかと期待して、こちらからは聞かないことにした。

しかし、明かされていないことに秀亥との距離を感じる。

「何度も言われずともそれは分かっている。もし俺と翡翠の間に生まれた子供がとんでもないうつけであったら、我が子を皇帝になどせず、他の者を皇帝にするつもりだ」

「今、どさくさに紛れてとんでもないことを言ったな？　翡翠を妻にするだと？　そんなことはまかり通らぬと言っているだろう？」

「跡取りを作る必要がない以上、誰を妻にするのか決めるのは俺だ」

「だからお前は甘いのだと言っている！」

この点については、旺柳と秀亥とは意見が合わず、議論は平行線であった。

＊

「ほらっ、旺柳様がいらしたわよ！」

「ああっ、今日もなんと凛々《りり》しく堂々としたお姿かしら？　惚《ほ》れ惚《ぼ》れしてしまうわ」

「ただそこにいらっしゃるだけで神々しくすら感じるわ！」

そんな宮女たちの声は、翡翠が居る白廊《はくろう》の間まで聞こえてきた。面談していた宮女もそちらに気を向けたらしく、話をやめ、外の様子を気にしている。

旺柳が陽光皇帝その人なのだと発覚してから、後宮の女たちはみんなこんな様子だ。

これまでは新たに皇帝に立った陽光に対して後宮人たちの評判は芳しくなかった。自分たちの敵、きっと嫌な奴に決まっている、という声ばかり聞こえてきたのに、掌《てのひら》返しとはこのことだ。

どんな冷酷な皇帝かと思っていたが、それは自分たちの誤解であった。旺柳が皇帝というならば、後宮を廃するということも深い考えがあってのことで、自分たちはそれに従うべきだろうという風潮になってきた。

それは今までの旺柳の後宮内での振る舞いが、好ましく捉えられていたということだ。

元婚約者としては、それを歓迎するべきなのだが、翡翠はそれを苛立《いらだ》たしく思っていた。

（もう旺柳の手はいらないって言ったのに、どうして後宮に来るのかしら？）

今までのように自分が心配だから手伝ってくれる、ではなく、ちゃんと仕事をしているかどうかを監視に来ているように思えてしまう。

翡翠はため息を吐き出して佳耀《かよう》の方を見つめる。佳耀は困ったわね、というような表情で見返して来る。彼が来たとなったら、もう面談どころではないようだ。

そして、白廊の間の扉を叩く音がした。

「どうしたの？　面談中なんだけれど」

翡翠がちょっと不快、とばかりに応じると、扉の外の木蓮が声を上げる。

「旺柳様がいらっしゃっています」

「待っていてちょうだい、今は大切な面談中なのだから」

翡翠がそう言うと、抗議の声を上げたのはまさに面談中のはずの宮女だった。

「ちょ、なにを言っているの？　彼は皇帝なのよ？　皇帝を外で待たせるなんて……！」

「でもあなたの面談中だもの。途中で割り込ませるわけにはいかないわ」

そう言うと、宮女は目を瞠《みは》り、呆《あき》れたように口も開け、翡翠を見つめた。

「私はもういいわ。希望は全て伝えたから」

「そう。ならいいわ」

そして宮女は出て行き、入れ違いのように旺柳が部屋へと入ってきた。扉のところで行き違うときに、宮女が旺柳のことを凝視していたのが気になる。

（やりづらい……）

だいたい、皇帝が直々にこんなところにやって来るなんて意味が分からない。もう後宮始末官の仕事は任せると言ったはずなのに。

翡翠はやれやれと立ち上がり、深々と頭を下げた。

「……なにそれ？　なんか他人行儀だね」

旺柳がいつものような気軽な口調で言うが、翡翠は態度を変えない。

「皇帝に対して礼を尽くすのは当然のことです」

「はあ……。分かったよ。せっかくの面談中に邪魔して悪かったね」

「いえ、そのようなことをお気遣いいただくなんて畏れ多い」

「なんだか険のある言い方だけれど、いいや。佳耀、ちょっと翡翠とふたりで話があるんだ。席を外してくれないか？」

「ええ、分かったわ」

佳耀の方は今までと同じように旺柳に答えて、部屋から出て行った。

そして、部屋には翡翠と旺柳のふたりきりになった。旺柳に付いてきた警備兵にも、人払いを、と頼んでいたようだ。

「もうそろそろ許してくれないかな？　憤る気持ちは分かるし、こちらが全面的に悪かったと思うけれど……」

　旺柳は翡翠の手を取って、苦笑いを浮かべるが、翡翠はツンとした態度で言う。

「そんな、礼を尽くした態度を取っておりますのに。私の態度が悪いとおっしゃる？」

「やっぱりまだ怒っているんだね？　では、そのことはもういいや」

（え？　もういいやってなんなのよ？）

　むっとしてしまうが、こんな態度を取っていることを自分でも子供じみていると思い始めた。それにいつまでこれを続けるのかと考えると、疲れてしまった。

「では、本題に入るよ。調べさせているんだけれど、残念ながら宴《うたげ》で毒を盛った犯人は見つからない。なんの手がかりも得られていない」

「まあ……陽光皇帝の手先の人が、後宮であれこれ聞き回っても、みんななにも話してくれなかったでしょうね」

「確かに最初はそういうこともあったけれど、女官のひとりに協力をあおいで、彼女にも話を聞いて回ってもらうようになってからは、いろんな話が聞けているよ」

「まあ……！　そんなことを？」

　私に黙って、と思ってしまうこの感情は一体なんなのだろう？　後宮のことは一切自分に任されているような気になっていたからかもしれない。

「そうね、旺柳が皇帝だと分かって、みんな初めは驚いていたけれど、旺柳が皇帝だったらいいって歓迎する人が多いから、聞き取りにも協力的なのね。もしかしてそれが狙いだったの？　それで私を後宮始末官に任命して、自分はその補佐という名目で後宮にもぐり込んだ……」

「そんな意地悪を言わないでよ。信じるか信じないか分からないけれど、そんなつもりはなかったんだ。翡翠のことを手伝いたかったから、補佐官をしていただけだ。ただ、皇帝という身分を隠しながら、直接自分の目で見て、人の話を聞いて、後宮のことを知りたかったことは否定しないけれど」

旺柳が言うのだから、本当にそうなのだろう。

分かっているのに、どうしても反発してしまう。

(私にだけは、自分は皇帝だって明かしてくれていたらよかったのに)

だが、他方で思う。明かされたとして、自分は素直に受け入れられていただろうか？

後宮始末官なんて役割も引き受けていなかったかもしれない。

「話が少し逸《そ》れたけれど、毒を盛った犯人が分からない以上、また同じようなことが起こるかもしれない。翡翠は後宮から離れた方がいい」

「え……？　なにそれ？」

「あの宴は翡翠が主催したもので、後宮から出る者を祝う趣旨の宴だった。そうなると、後宮始末官を快く思わない者の犯行の可能性がある。今度は翡翠が狙われるかもしれない」

「確かにそれはそうかもしれないわね……」

実は自分でも気づいていた。あの毒殺未遂事件があったとき、まるで冷や水を浴びせられたような気持ちになったのだ。思い上がるな、と。後宮から出て行くことを歓迎している者ばかりではないのだ、と。

「以前よりも後宮への出入りがしやすい状況とはいえ、犯人は後宮人にほぼ間違いないだろう。だから翡翠は安全な場所に……」

「いやよ。私はまだ仕事の途中だもの。それを放り出して自分だけ安全なところに逃げるわけにはいかないわ」

翡翠は大きな決意を持って、そう言う。

「後宮始末官の仕事は、やっと軌道に乗ったところよ。みんなにも理解されるようになって、私を頼ってくれる人もいるわ」

「どうしてそんなに後宮始末官にこだわるの？」

「なにを言っているの？　自分で任命しておいて……」

「まったくその通りだよ、自分で望んで後宮始末官になったわけじゃないだろう？」

でも、と翡翠は思う。

「一度始めたことだもの。最初はみんなの反感を買ってどうなるかと心配だったけれど、最近ではみんなの役に立てていると思えるようになった。最後までやり遂げたいのよ」

「それでも、翡翠が心配なんだ。一時でもどこか安全なところへ身を隠して欲しい」

「命を狙われることくらい、この後宮じゃ大したことじゃないわよ。代筆をしていた時にも毒を飲まされたし」

なんでもないというふうに言うが、旺柳は渋い顔だ。

「そんなことがまた起こるのではないかと心配なんじゃないか。そのときは幸いなことに命に別条はなく、後遺症もなかったようだけれど」

「そうね、佳耀が献身的に看病してくれたのよ。佳耀には助けてもらってばかり。反乱軍が後宮に来たときも、佳耀が私を庇《かば》ってくれたから、私は無傷で済んで。その代わり佳耀には酷《ひど》い怪我《けが》をさせてしまって……」

「ああ！　そうだった！　それって一体どういうことなんだ？　俺は皇城へ攻め入るときに、無関係な者は傷つけないように、殺さないようにと厳命したはずなんだ。ましてや女性に怪我をさせるなんて……」

「いえ、後宮の門の前で侵入を防ぐように槍《やり》を構えて立っていた私は、無関係な者ではないでしょう……」

「そんなもの、ものの数ではない……、いや、ごめん。それってどんな状況だったの？」

「どんな状況って、今更……だけど。黒い鎧《よろい》を着た人が……」

そしてそのときの状況について詳しく語っていった。話せば話すほどに旺柳の表情が険しくなり、途中で話すのをやめようかと思ったくらいだ。しかし、なにかを誤魔化そうとすると『そこはもっと詳しく話して』と求められたので、起こったことを詳細に話した。

「……俺の翡翠の命を狙おうなんて、許しがたいな……」

「え？　俺の……？　なんて言ったの？　よく聞こえなかったんだけど」

「いや、いいんだ。この件については少し調べる必要があるようだ」

そして、どうしても後宮から離れないならば、翡翠付きの従者を用意すると言われた。本当は拒みたかったが、渋々それを了承した。それに、後宮始末官という立場なのに、侍女のひとりもいないなんておかしいと言われ、三人も侍女を付けられてしまった。それは元から後宮に居る者で、旺柳の要請で翡翠の侍女を引き受けてくれたらしい。いつの間にか旺柳は、彼が廃止する予定である後宮内で、人を動かせるまでになっていた。

そして、更に旺柳をいつも警備していた者の中の三人を交替で翡翠の警護とした。その中には木蓮もいて、その他のふたりも香澄《こうちょう》の故郷に行ったときに警護してくれた、馴染《なじ》みの顔だったので翡翠としては安心だった。元は皇帝の警護だったのに、私の警護なんてごめんね、と謝ったのだが、とんでもない、望むところです、と言ってくれたのが嬉《うれ》しい。

（さすがというか……。もうやっぱり旺柳は皇帝だって認めざるを得ないのよね）

そうではあるが、彼の前ではまだ意地を張っていたい翡翠だった。

「翡翠様、そろそろ休まれたらいかがですか？　もう日が変わる頃ですよ」

侍女にそう咎《とが》められ、そうね、火を灯《とも》すための油がもったいないから、と思ってしまった自分に苦笑いを漏らす。

＊

侍女や従者が付いたことで、翡翠は部屋を変えざるをえなかった。住み慣れた狭い部屋は、もう同室だった香澄もいないし、これを機会に離れてもいいかもと思えたので、白煉《はくれん》宮《きゅう》へと住まいを移した。かつての主だった皇后はもうおらず、彼女に仕えていた者たちの部屋が多く空室だったため、そのうちの一部屋を使わせてもらうことにしたのだ。二間が続いている部屋で、警備をしやすいという理由で選ばれた。美しい格子窓から月明かりが入り込んできて、夜風が心地いい。

「そうね、ありがとう。この文を書き終えたら寝るわ。あなたはもう休んでいいわよ」

翡翠はとある宮女の代筆をしていた。長く音信不通だった両親へ向けての文で、彼女は望まず後宮へ送り出されたことで両親のことを快く思っておらず、しかしこんな状況になったことを機に、仲直りしたいという意向だった。自分では上手《うま》い言葉が浮かばないから、文面も考えて欲しいと頼まれた。親子のわだかまりを解くために、と悩んで、こんな時間になってしまった。

「はい、では休ませていただきます」

侍女は素直に応じて、部屋から立ち去った。

彼女が去ってしばらくしてから文を書き終えた。翡翠は思いっきり伸びをしてから立ち上がり、開け放ったままだった格子窓を閉めようとしたところで、風がざあっと吹いて、その風が花の香りを運んできてくれた。ほっとした心地になり、目を細める。

空には見事な月が浮かんでいて、ふと外を歩きたい気分になった。

昼間、後宮内を歩くときには侍女や従者が常に一緒に居て、そのような状況に慣れていない翡翠は、ひとりで歩き回りたいと考えたのだ。後宮守《こうきゅうもり》のときには夜回りもよくしていた。その頃がふと懐かしくなった。

（少しくらいだし……）

そして翡翠は薄手の襦《じゅ》を羽織り、周囲の様子を気にしながら部屋から出た。

朝から降り続いていた雨がつい先ほど止《や》んだところだ。湿り気を含んだ風が心地よい。

翡翠は中庭へと出て、瑠璃色の瓦屋根が美しい東屋《あずまや》の横に立ち、ふと目を閉じた。後宮はしんと静まりかえっていて、かつての騒ぎが不意に懐かしくなった。夜になると皇帝が後宮へとやって来るのだ。今日はどの妃嬪の元へ、と後宮がざわめき始める。そんなことは今はもうなく、聞こえてくるのは虫の声と、葉擦れの音くらいだ。

するとその中で、不意に足音が聞こえたような気がした。

自分と同じように夜歩きをしている者がいるのだろうか、と最初はさして気に留めなかった。だが、その足音がときどき止まり、また歩き出し、といった具合で、なにかを警戒しているように思えて気になってきた。もしかして賊が？　と足音がした方へとこっそりと近づいていった。かつては後宮守だった性《さが》なのだろうか。

そしてとある殿舎の前で、足音の主の姿を認めた途端に、翡翠は首を傾《かし》げた。

（あれ……って、もしかして旺柳？）

こちらを背に歩いていたが、彼の姿を見間違うはずがない。しかも、彼は皇帝だと皆に知られてから、必ず三人以上の警備兵を伴っていたが、今はその姿がない。

もしかして人目を忍んで後宮にやって来たのだろうか。

どういう目的があって、と気になって、翡翠は旺柳の後へとついていった。

旺柳が居たのは紅椿宮《こうちんきゅう》という殿舎の前である。妃嬪たちの住まいがあるところで、こんなところにこんな夜中になんの用事があるのか、まるで予想がつかなかった。

そして旺柳は周囲を一度窺《うかが》ってから、その中へと入っていった。

（ええ？　ここはまさか……）

昼間であれば太陽の光に映える朱色の瓦が美しい殿舎である。

そして、旺柳が入っていったのは橘徳妃《きっとくひ》が住まう紅香《こうこう》の間からほど近い入り口だった。

どうして旺柳がここに、と呆然《ぼうぜん》と立ち尽くしている間に彼の背中を見失ってしまった。

（ま……まさか、橘徳妃に会いに来たの？　こんな夜中に人目を忍んで？）

そうしてその理由として翡翠が考えつくことは、ひとつしかなかった。

（気づかなかったわ、まさか橘徳妃と旺柳が恋仲だったたなんて……）

夜、人目を忍んで女性の元へ通う理由は、それが適当だろう。

ふたりの恋はいつから始まったの？　あの、後宮が廃止されると通達した場でだろうか。

後宮からは出て行かないと主張した、毅然《きぜん》とした橘徳妃の姿に旺柳は恋をしたのかしら？

（だから橘徳妃は後宮からは出ないと言い張っているのかしら？　旺柳と離れたくないから？　そう考えると納得がいく……いいえ、それはおかしいわね？　橘徳妃は旺柳と会う前、正確には会ったときには既に後宮からは出て行かないと主張していたはずで。まさか、旺柳をひと目見ただけで恋に落ちた橘徳妃が、この人が皇城に居るならば、その妻の座を狙ってずっとここに居ると尚更《なおさら》、主張することにした？　そう考えれば全てに説明が……つくかしら？　なんだかおかしいわね）

ああでもない、こうでもないと考えて、殿舎の前で立ち尽くしていると、

「……まだこんなところに居たの？　翡翠」

「ぎゃあ！」

急に背後から話しかけられて悲鳴を上げてしまう。これでは後宮守は廃業してよかった

かもしれない。

「お、旺柳！　びっくりしたわ。旺柳こそどうしたの？　こんな夜中に従者もつけずに」

「え？　従者なら付けているよ。周りには気づかれないように付いて来いとは言いつけているけれど」

そう言われて見回すが、それらしい者の姿は見えない、気配ももちろんない。

「それに翡翠の方にも付いているじゃないか？」

「え？」

再びきょろきょろと周囲を見回すが、誰もいない。今日は月が明るい夜で、目をこらせば見えるはずなのに。壁の陰にも木の後ろにも、誰の姿もない。

「翡翠がずっと付いてきているのには気づいていたんだけれど、翡翠の方の警備の者もいるからいいやと思って、気づかないふりをしていたんだ。それが、まだこんなところで立っていたから気になって。風邪を引くよ？　部屋に戻ろう、送っていくから」

「え、ええ」

ごく自然にそう言われたので、翡翠は旺柳と共に歩き出して、数歩進んだところで思い出したように声を上げた。

「いえいえ、そうじゃなくて、旺柳こそこんな夜中になにをしていたのよ？　ここは、橘徳妃が住まう殿舎でしょう？　橘徳妃に会いに来たの？」

「そうだけど」

「やっぱり！　ふたりは恋仲だったのね！」

「……は？」

気の抜けたような表情の旺柳の肩を、翡翠は遠慮なしにばんばんと叩《たた》く。

「やだやだ、だったら最初から言ってよ！　旺柳ってば私に隠し事ばっかり！　もしかして私がかつて婚約者だったからって気を遣ってくれた？　そんな昔のことは忘れてもらっていいのよ！」

「いや、俺は昔のことだなんて思っていないけれど？」

「いいのよ、そんな遠慮しなくて！　分かる分かる、分かるわよ。だって橘徳妃はとびきりお美しいもの。誰にも媚《こ》びないような毅然とした態度で、先代の皇帝のお召しもずっと拒んでいたのよ？　そんな女性に惹《ひ》かれるなんて当然よ」

「あのね、翡翠。まったくそんなことではないんだ」

旺柳が冷めた口調で言うが、翡翠は止まらない。

「だから、いいのよ隠さなくても。私と旺柳の仲なんだから」

「隠していないってば。橘徳妃には別の用事があって会いに行っただけだ」

「別の用事ってなに……？　こんな夜中に？」

「それはまだ言えない」

「ほら、言えないことなんでしょう？　だから、私は誰にも漏らしたりしないから。きっと大切な時期なのでしょう？」

「だーかーらー！」

呆《あき》れたような怒ったような声の旺柳に、あら、本当に違うのかしらと思っていたときだった。

不意に旺柳の声が切羽詰まったものに変わった。

「翡翠、危ない！」

そう言うなり、旺柳は自分の方へと翡翠を抱き寄せたかと思うと、近くの大木の方へ走りその後ろに隠れた。

なにが起こったか分からずにいると、鋭い衝撃音が聞こえた。暗闇の中で目を凝らして見ると、翡翠たちが隠れている木の幹に矢が突き刺さっていた。

「え……？　矢？」

翡翠が目を瞠《みは》っている間に、旺柳が鋭く声を張り上げた。

「何者か!?」

答える声はなく、その代わりに全身黒ずくめの格好をして覆面をかぶった者が躍り出てきて、一気に斬りかかってきた。月明かりを反射して、その者が持っている剣がぎらりと光る。

「翡翠はここに居て」

旺柳はそう言って木陰から飛び出し、懐から出した短剣でその者の剣を受けた。鋭い金属音が響いたかと思うと、不審者が持っていた剣がくるくると回りながら空を舞い、地面へと突き刺さった。

「ちっ！」

しかし不審者は、間髪を容《い》れずにどこかに隠し持っていたもう一本の剣を取りだして、再び旺柳へと飛びかかろうとした、が、それは叶《かな》わなかった。

そのときには警護の者たちが翡翠と旺柳を守るように周囲を囲み、不審者はそれ以上一歩もこちらへ近づくことができなかった。そして、警備兵のひとりが素早く動いて不審者が持っていた剣をはねのけ、もうひとりの者が不審者の背後に回り込み、その者を羽交い締めにした。

「旺柳様、お怪我《けが》はありませんか！」

警備兵が切羽詰まった声を上げ、旺柳はひとつ頷《うなず》くことでそれに答えた。

「翡翠様ぁ、お怪我はありませんか！」

翡翠の警備兵が駆けつけてきて、切羽詰まった声で言う。

「ええ、大丈夫よ。旺柳が守ってくれたから」

「すみません、我々が付いていながら……！」

「うぬぬ、翡翠様のお命を狙うとは、不届き者め！　すぐさま斬って捨ててやる」

「やめてやめて……」

なぜか翡翠の警備兵は翡翠に対して過保護でいけない。

しかし、彼らが大騒ぎするおかげで、こちらは冷静さを取り戻すことができた。

あの者は、翡翠を狙ってきた。旺柳がいなかったら今頃どうなっていただろう、と考えるとぞっとする。その旺柳は駆けつけてきた警備兵たちにてきぱきと指示を飛ばし始めた。

「お前たちはこの者をとりあえず牢《ろう》へと連れて行け。朝になったら取り調べをする。深夜だ、これ以上の騒ぎは起こしたくないが、この者の仲間が周囲にいるかもしれない。辺りを調べてくれ。後宮の者たちに余計な心配はかけたくない、詳しいことが分かるまではあまり目立った行動はしないように。青鷺宮《せいろきゅう》から応援を呼ぶ必要があるかもしれないな。五人ほど連れて来い」

警備兵たちは旺柳の指示に大きく頷いた。

「お前は取り急ぎ周囲を調べよ。お前は青鷺宮から応援を呼んできて、お前とお前はその者を牢へと連れて行け。それからお前とお前は警護として俺と翡翠と一緒に来てくれ」

旺柳の指示に従って、警備兵たちは素早く動き始めた。

（旺柳は……まるで旺柳ではないみたい）

そうなのだ、旺柳はもう故郷にいた頃の旺柳ではない。病弱で、すぐ寝込んでいた頃の旺柳ではない。旺柳はもう自分の身は自分で守れるし、それどころか翡翠を守ることもできるのだ。

知っていたが認めることができなかった。

だがもう、それを認めざるを得ないようだ。そして、旺柳は昔のような優しさを失ったわけではなく、その優しさが強さとなって、以前よりもずっと頼もしく、秀麗な青年になったのだと。

「翡翠は部屋に戻った方がいい、送っていくよ」

「え、ええ……」

そう頷きつつ、なぜか顔が熱をもってしまい、俯《うつむ》いたまま顔を上げられなかった。

「ごめんね、怖い思いをさせて。驚いたよね？」

「そうね」

「あの者、どこから入って来たんだろう……？　後宮の警備兵をもっと増やした方がいいかもしれないな」

「そうかもしれないわね」

旺柳は翡翠のことを気にするように顔を覗《のぞ》き込んできたが、翡翠はまともに旺柳の顔を見ることができなかった。

「よほど怖かったんだね……。部屋に帰ったら、なにか温かいものを飲んだ方がいいよ」

そう言って旺柳は翡翠の肩へと手を置いた。

その途端、まるで雷に打たれたように感じて翡翠は旺柳の手を振り払った。

まさかそんなことをされるとは思っていなかったのだろう。旺柳は身体《からだ》を硬直させ、大きく目を見開いた。翡翠の方も、咄嗟《とっさ》のことでこんなことをするつもりはなかったのにと後悔した。謝ろうと思うが、唇がわなわなと震えて上手《うま》く言葉が出てこなかった。

「ごめん」

やがてばつが悪そうに謝った旺柳に、翡翠は強がって言う。

「いっ、いいのよ！　旺柳はもう行って。警護の人もいるから大丈夫よ」

そう言って下を向いたままでずんずんと歩き出した。

旺柳に触られたところがいつまでも熱を帯びているようだった。

（もうっ、ああいう鈍感なところは前と変わっていない……）

いつまでも冷めない熱が早くおさまらないかと思いながら、翡翠は自室へ向けて歩き続けた。

「……なんだと？　もう既にここには居ないとは一体どういうことなのだ？」

朝になってから、昨夜の不審者が捕らわれているはずの牢を訪れた旺柳は、看守に対して声を荒らげることになった。

「実は今朝早くに連れ出されてしまいまして……」

年老いた看守はおろおろと言い訳するばかりである。まさかこんなことを咎《とが》められると思っていなかった、というような態度だ。

牢は地下にあり、暗く、酷《ひど》い臭いが漂っていた。

あまり長居したくない場所だ。従者たちは旺柳が自ら出向く必要はないと止めたが、気が急《せ》くあまり自らやって来た。あの者は明らかに翡翠を狙っていた。どういう理由があって翡翠を狙ったのか、誰に頼まれたのか、それを一刻も早く明らかにしたかったのだ。

「私が牢に入れておけと命じ、朝になってから取り調べをすると告げたはずだ」

「そう聞いておりました。ですから、陽光陛下の命令で連れて行かれたとばかり……違うのですか？」

「違う。誰が連れて行ったか分かるか？」

看守は慌てた様子で帳面を持ってきて、旺柳に見せた。そしてその名を見て、旺柳は眉根に深く皺《しわ》を刻んだ。

「……あの賊を連れ出して処刑させたのはお前だと聞いた。一体どういうことなのか？」

旺柳は秀亥の部屋を訪ねるなり、挨拶もなにもなくそう問い詰めた。几《つくえ》に向かっていた秀亥は顔を上げて、目を細めた。

「急にやって来てなにかと思えば……」

「いいから答えよ。なぜあの者を勝手に処刑した？　私の許可もなく」

「皇帝たるもの、そのように感情を露《あら》わにするのはよくない。なにをそんなに憤る？」

秀亥は椅子から立ち上がり、部屋の中央にある椅子の方へと移動し、旺柳へとゆっくり手を差し出して自分の向かいに座るようにと促した。旺柳は苛立《いらだ》たしさを感じつつ、それに応じた。

「私が自ら取り調べをすると言った男を連れ出したのは、お前の命令だな？」

「ああ、あの賊のことか。お前の命を狙ったと聞いたぞ？」

「あの者は翡翠を狙っていた。私ではない」

「どちらでもよい。お前に、つまり皇帝に刃を向けたと聞いた。ならばどんな理由があっても処刑されてしかるべきだ」

切羽詰まったように話す旺柳に対して、秀亥はそれを窘《たしな》めるようなゆっくりとした口調だ。それを腹立たしく感じる旺柳だが、それでは秀亥の思う壺《つぼ》だ。冷静になれ、と息をひとつ吐き出した。

「私はその理由をはっきりさせたかったのだ。なぜ翡翠の命を狙ったのか、誰に命じられたのか」

「なるほど。しかし、後宮内で起こったことだろう？　ならばだいたい想像がつくではないか。翡翠は後宮始末官という立場だ。それを好ましく思わないか、羨んだ者の仕業であろう。そこまで厳しく追跡する必要があるのか？　どうせ廃止される後宮で起こったことだ。首謀者も、間もなく後宮から追い出される運命だ」

「そんな乱暴な……」

旺柳は言うが、秀亥は厳しい態度を崩さない。

「後宮とは、今も昔も嫉妬と陰謀が渦巻く場所である。だからこそ廃止してしかるべきなのだ。そんな場所で宮女のひとりの命が狙われたなど、大したことではない、よくあることだろう。しかしそんな後宮内のいざこざに、皇帝を巻き込むようなことはあってはならない。見せしめのためにも、そんな企みに関わった者はすぐさま処刑するべきだ。これは翡翠の安全のためにも、そうするべきだろう」

秀亥の言うことに間違いはないように思えるが、反発心を抱いてしまう。

（以前はこうではなかったのに……）

玄大皇帝を打倒して、新たな政府を立ち上げるという目的の下に動いていた。しかしそれを成し遂げた今、向いている方向が変わってしまったような気がする。

「……分かった、お前は私のことを心配してそうしてくれたのだな」

旺柳は本心を押し隠して言う。

「その通りだ。お前は分かっていないかもしれないが、この皇城に居るのはお前の味方ばかりではないのだ。むしろ敵の方が多いかもしれない。刃向かう者は理由はどうあれ容赦しないと示すことがなにより大事だ」

確かにそれは秀亥の言う通りである。

玄大皇帝を討つまでは味方だったとしても、その後は違う者もいるかもしれない。皇帝になったのだから安泰、ということはまるでない。

「分かった、お前の真意も分からず、責めるようなことを言って申し訳なかった」

「分かったならばよい。後宮のことばかりではなく、もっと周りを見た方がいい」

「まったくその通りだ。しばらくはこちらの仕事に集中することにする」

「それがいい」

それから秀亥と今後のことについてあれこれと話し合ったが、やはり以前と変わってしまったように思えた。秀亥と自分との考えがこれ以上食い違わないようにと思うが、それはもしかして難しいのではないかと他方では思っていた。

＊

（旺柳にあんな態度をとってしまった……。どう説明すればいいのかしら？　まさか旺柳が賊を撃退した上にその後処理について、てきぱきと指示している姿に惚《ほ》れ直して照れるあまり、恥ずかしくて顔を見ることができなくて、触れられるのも恥ずかしくて、あんな行動をしてしまったなんて、そのまま説明するのは無粋よね……）

翡翠は格子窓の桟に頬づえをつき、ぼんやりと外を見つめながら物思いにふけっていた。

旺柳が後宮に来なくなってからかれこれ十日が経《た》っていた。

次に旺柳が後宮に来たら、今までのことを謝ろうと決めていた。旺柳が皇帝であることがすぐに受け入れられずに、ふてくされた態度を取ってしまったこと。思ってもいないことを言ってしまったこと。

旺柳は旺柳として立派な志があって、困難な道を歩むことに決めて、目的を遂げたのだと痛いほどに理解できた。悪政で人々を苦しめていた玄大皇帝を討って、国を変えなければならないと考え、そのために旺柳は変わったのだろう。生半可なことではなかったと想像することができた。それを翡翠は自分の勝手な感情でないがしろにしてしまったのだ。

まずはそれを詫《わ》びるべきだ。

それにしても、どうして十日も姿を現さないのだろう。

いや、自分で言ったのではないか。もう後宮始末官に旺柳の手は不要である。あなたには皇帝としての仕事があるのだから、そちらに集中すればいい、と。

そうは言ったが、翡翠を狙ったらしいあの賊について取り調べをすると言っていたのだから、その結果を知らせに来てくれてもいいのではないか。木蓮にそのことを聞いたが、自分はなにも知らないと言われてしまった。直接旺柳に聞いて欲しい、と。もしかして今も後宮内に自分を狙っている者がいるかもしれないのに、その仔細《しさい》を知らせてくれないのは酷いと思っていた。調査中で、なにも分かっていないのかもしれないけれど。

それから、あの夜どうして橘徳妃の所を訪れていたのか気になる。よもや、それを問い詰められるのが嫌だから、こちらには来ないようにしているのかもしれない。そうなると、あの夜は否定していたが本当に橘徳妃と旺柳は恋仲なのだろうか？　こちらには来ないが、秘密裏に橘徳妃の元へは通っているのだろうか。

「ああっ、私らしくない！　こんなところで鬱々としていてもはじまらないわっ！」

いっそ青鷺宮の旺柳の部屋に押しかけるか、と考えるが、彼の部屋がどこにあるかも分からないし、そこへたどり着く前に誰かに捕まるだろう。

ああ、元婚約者にも自由に会うことができないなんて不便だわ、と思いつつ、翡翠は几に向かった。

話せないのならば用件を書けばいいではないか。

そう、ちゃんとした謝罪の文を書けばいい。あの賊のこととか、橘徳妃のこととかは書かなくていい。それは今はきっと余計なことだ。ただ旺柳に謝りたかった、以前のように仲良くしたかった。後宮始末官と皇帝とではそうはいかないかもしれないが、少なくとも今まで旺柳は昔と変わらずに交流しようとしてくれていた。

そうして墨をすり、筆を持ったとき、翡翠の部屋の扉が叩《たた》かれた。

「はい、どなた?」

椅子から立ち上がり、扉のところへと歩いて行こうとしたとき。

「俺だよ、旺柳だ」

「えっ!」

驚きのあまり逃げようかと思うが、身体が勝手に動いて素早く扉を開けてしまった。

「話があるんだけれど、いいかな?」

「え……ええ。なにかしら?」

(ああっ、またこんなふうにそっけない態度で応えてしまった!)

本当は昔喧嘩したときのように、ごめんね、旺柳、と言って抱きつきたい気持ちだったのに、それができなかった。お互いにいい大人であるのだから。

考えてみれば、どうやって謝ればいいのか分からなかった。少し待って貰《もら》って、今書こうとしていた文を渡せばいいだろうか。いや、直接来たのに文を渡すなんて怪訝《けげん》に思われてしまうかもしれない。

翡翠があれこれ考えているうちに、旺柳は彼と一緒にやってきた警備兵に人払いをするようにと言って、ひとりで翡翠の部屋に入ってきた。そして、翡翠の部屋の続き間にいた侍女にも、少しふたりきりにして欲しいと言って、部屋から出て行かせた。

（ふ、ふたりきりって……！）

いや、別に特別な意味はないだろうと思うのだが、なぜか緊張してしまう。

旺柳は格子窓を開けて、外に誰もいないことを確かめるように左右に頭を振って、そのまま格子窓を閉めた。

そして翡翠を振り返り、真剣な面持ちで言う。

「実は協力して欲しいことがあるんだ。本当は翡翠を巻き込みたくはないんだけれど、翡翠の協力なしではできないことなんだ」

「もちろん、旺柳の頼みだったらなんでも協力するわ」

「よかった！　実はね……」

そして旺柳が語り出したことに、翡翠は信じられないと何度も目を瞠《みは》ることになるのだった。

第六章　後宮始末官、過去との対決！

十年ぶりに会った秀亥《しゅうい》は昔と変わらず真面目くさった顔をしていて、幼い頃に寝ている彼の鼻の下に墨で髭《ひげ》を描いてこっぴどく怒られたことを思い出して、背筋が寒くなった。

「秀亥先生、お久しぶりです」

翡翠《ひすい》が遠慮がちに声をかけると、秀亥は目を細めた。

「十年という月日はお前を少しは成長させたらしいな。ようやくまともに挨拶できるようになったのか」

そう言って、まるでハエを追い払うように手を振った。

（だったら、それを受ける側もちょっとはまともに挨拶を返せばいいのに！）

翡翠は心の中で毒づいたが、それを表に出さないように優雅に微笑《ほほえ》んでおいた。我ながら、十年という月日は自分を成長させたものだ。

翡翠と秀亥は昔からこうだった。

書の師であるのだが、不真面目ですぐにサボる翡翠に秀亥は手を焼いていたのだ。それは今思い起こしても申し訳ないとは思う。翡翠は当時、とにかく座っているのが苦手で、書の時間は苦行だった。よく仮病を使ったし、よく抜け出した。それでも旺柳《おうりゅう》に相応《ふさわ》しい妻になるために、と励んだのだが、秀亥にしてみたら自分が教えた中で一番の不良生徒という気持ちが大きいのだろう。お前みたいに不真面目な者は見たことがない、とよく怒られていた。

翡翠は青鷺宮《せいろきゅう》の最奥にある、貴礼《とうれい》の間にいた。皇帝がその側近たちを集めて秘密裏に会議をする場所だとのことだった。小さな部屋の中央に円卓があり、その周りに椅子が七脚置いてあった。窓はなく、薄暗い中に燭台《しょくだい》の灯《あか》りだけがある。

翡翠と旺柳が隣り合って座り、旺柳の向かいに秀亥が座っていた。そして、後宮《こうきゅう》始末《しまつ》官《かん》の補佐役、ということで佳耀《かよう》も同席していた。この話し合いの書記をしてほしい、と頼んでいる。

「一体なんなのだ？　このような狭い部屋に呼び出して。後宮のこれからについて話し合いたいとのことだが、私の意見はひとつだ。後宮は廃止すべし、そこに居る者は速やかに立ち去るべきだ」

秀亥は不満を隠さずに言い、翡翠へと視線を向けた。

「後宮始末官、お前はその役割を引き受けたはずだな。なにをぐずぐずとしている？」

「私は、その役割を果たすために懸命に努めております」

翡翠が迷いなく言い切ると、秀亥はふん、と鼻で笑った。

「生意気な口を利くようになった。昔はもっと素直だった。後宮に入り、その毒気にやられたのだろう」

「私が先生に対してなにかに素直に応じたためしはないように思いますけど。思い出は美化されがちですよね」

翡翠が言うと、秀亥は膝を打った。

「……そうだった。お前ほどの劣等生はいなかった。旺柳がお前を後宮始末官に任命すると言い出したときに、もっと強く止めておけばよかった。よいか」

秀亥はひとつ息をつき、続ける。

「本来ならば、後宮人は残らず処刑されるはずだったのだ。慈悲をかけて助けてやったのに、後宮人たちには感謝の気持ちが欠けている。自分たちの立場というものを理解できていない。後宮を出ないとごねている者は、さっさと始末してしまえばいいのだ」

強引な言いように、翡翠と旺柳は顔を見合わせた。

「……秀亥、実はその件について、もうひとりこの場に呼びたい人物がいる」

「なんだと、聞いていないぞ？」

「だから今、言った」

旺柳は立ち上がり、扉を開けた。

するとそこには、見覚えのない男が立っていた。まだ若い男で、目つきが鋭い。警備兵かなにかかと思えるが、それにしては粗末な身なりである。

「秀亥、この男に見覚えはないか？」

旺柳が部屋に男を招き入れた。

「……さあ？　そのような男は知らぬ」

「そうだろうな、お前が大金を積み上げて、とある人物に適当に雇わせた男だ。お前は直接の面識はないだろう」

「……雇わせた？　一体なにを言っている？」

「この男は先日、お前に雇われて翡翠を殺そうとした。そうだな？」

旺柳が男へと水を向けると、彼は大きく頷《うなず》いた。

「捕らえられてすぐに処刑されそうになった。それが、既《すん》でのところで助けられた」

「ああ、あと一歩のところで間に合った。大切な証人を失うところだった」

そして旺柳は秀亥へと厳しい目を向ける。

「その者は処刑されたと聞いたが」

「俺もそうだと思っていた。だが、あわやのところでそこに横やりが入っていたのだ。他でもない、翡翠の警備兵からだ」

「ええ！　さすがは私の警備兵でしょう？」

翡翠は胸を張って言うが、事情を聞かされたときにはちょっと困ったな、と思ったのも確かだ。

翡翠を襲った男が入れられた牢《ろう》を、警備兵のひとりがずっと見張っていたのだという。朝になって旺柳が来たら、取り調べの場に立ち会わせてもらうつもりだったらしいのだが、その前になぜか犯人が連れ出されてしまった。その後を追い、処刑場に入って行くのを見て、そこに待ったをかけたというのである。

どうしてそこまでしたのかと聞くと『我らの翡翠様に危害を与えようとしたことを許せず、その処遇についてもひと言言いたかった』とのことだった。警備兵として見上げた根性である。

「そんなことで処刑は止めることができたのだが、なんのためにお前が処刑を急いだのか分からなかった。だから無事であったと知られたらまたなにか仕掛けるかもしれないと考え、密《ひそ》かに匿《かくま》っていたのだ」

「私を疑ったということか？」

ふたりの間に冷たい沈黙が落ちる。旺柳は引かず、秀亥もまた一歩も引かないという覚悟を感じる。

やがて、ため息混じりに秀亥が語り出す。

「なんの証拠があってそんなことを？」

「俺は……こんな仕事はしたくないと拒んだんだ」

秀亥がしらばっくれていることに業を煮やしたのか、男が語り出した。

「女を殺すなんて……。だが、俺に仕事を頼んだ者がこっそりと明かしてくれた。これは宰相である秀亥様からの命令なのだと。この国の繁栄に邪魔な人物を始末する、特別な仕事なのだと。この仕事をやり遂げたらきっと秀亥様が目をかけてくれるはずだ、と」

男はなにかを悔いるように目を伏せてから、秀亥を睨《にら》み付けた。

「それがっ、これはどういう仕打ちだ？　陽光《ようこう》皇帝が助けてくださらなかったら、危うく殺されるところだった！」

食ってかかるような勢いの男に対して、秀亥は呆《あき》れたように長く息をついた。

「……くだらぬ。誰かが私を陥れようと、そのようなことを吹き込んだのだろう。この皇城には私の敵がいるようだな」

「なっ、なんだと！」

飛びかかって行きそうな男を、旺柳が制した。

「とぼけるのか、秀亥。この男を雇ったという者は既に捕らえてある。その者がお前との関係を洗いざらい話すのも、時間の問題だと思うが？」

「私はなにも知らぬ。何者かの陰謀であろう」

「まあ、いい」

ふぅっと息を吐き出してから、旺柳は男へと視線を向けた。

「ご苦労だった。もう下がっていいぞ」

彼は興奮冷めやらぬという雰囲気だったが、頭《こうべ》を垂れて素直に部屋から出て行った。旺柳は椅子に戻り、秀亥へと厳しい目を向けた。

「だいたい、なぜ私が翡翠の命を狙ったなどと思ったのだ？　かわいい教え子だぞ」

「秀亥先生に素直にそう言われると気持ち悪いです」

「……なんだと？」

秀亥に睨み付けられて、普通の人ならば縮み上がるところだろうが、翡翠は慣れたものだったので、肩をすくめるだけでやり過ごすことができた。

「お前にはまだ聞きたいことがある」

そんなふたりに割り込むように、再び旺柳が語り始める。

「我々が皇城へ攻め込んだあの日、後宮へ皇后と妃嬪《ひひん》、そしてその子供たちを捕らえに行ったのはお前だった。そしてそのとき、翡翠を殺そうとしたのはお前だな？」

「……殺そうと？　一体なんのことだ？」

「とぼけないでください、先生！　私が後宮を守ろうと東翔門《とうしょうもん》の前に立っていたとき、邪魔だとばかりに私を殺そうとしたではないですか。あの黒い鎧《よろい》を着ていたのは先生だったんですね」

翡翠が言うと、秀亥は不愉快とばかりに片眉をつり上げた。

重苦しい沈黙が続いた後、秀亥は慎重な口調で語り始めた。

「仕方がなかったことだ。ことを速やかに進めるためだ。あの日、翡翠は我々の進行を妨げようと門の前に立っていて……」

「違う、お前は翡翠に向かって『生きていたのか？』と言い、そして殺そうとした。翡翠に生きていてもらっては困ると思ったからだ。反乱の混乱に乗じて殺そうとしたのだ」

「そして、それを察した私が翡翠を庇《かば》いました」

今まで黙って話を聞いていた佳耀が声を上げた。

「……もう、諦めましょう、東宜《とうぎ》兄さん。このふたりにはなにもかも露見しています」

東宜兄さん、と呼ばれた秀亥に焦りの表情が浮かんだ。佳耀の方を厳しい目つきで見つめ、なにを言っているのかと、その表情で制しているようだった。

「ええ……そうです。私が東宜兄さんのいとこであることは、もう分かってしまっています。秀亥と名を変えたことも、旺柳……陽光皇帝は全てお見通しです。兄さんが過去に皇城でどんな目に遭ったのかも、その一族として私や私の家族がどんな目に遭ったのかも」

「ええ、そうよ、佳耀は全て話してくれたわ。以前、私に毒を盛ったのは佳耀だったことも」

翡翠にとって、それはとても衝撃的なことだった。旺柳にそう言われたとき、佳耀に直接聞くまで信じないと言い張ったほどだ。だがそれは真実で、受け止めざるを得なかった。

「そして、私はその毒で死んだと偽ったことも。あの日、私が死んでいなかったことを知ったあなたに殺されそうになった私を庇って、自ら傷を負ったことも」

翡翠が言うと、佳耀は俯《うつむ》き、怪我をした腕へと手を当てた。

佳耀は、旺柳と翡翠が彼女の秘密を確かめに行くと、申し訳なかったと謝り、目に涙を浮かべながら全てを語ってくれた。

旺柳が翡翠の力を貸して欲しい、と言ったのは、なによりも佳耀のことがあったからだった。自分が問いただすよりも、翡翠が聞いた方がいい、と。

そもそも秀亥――その頃の名前は東宜だったが、彼は皇城で官吏として仕えていた。しかし彼の父が犯した罪が原因で、彼も、一族である佳耀も、身分を落とされてしまった。

佳耀は後宮に入ることになり、秀亥は処刑されたと聞いていたそうだ。

秀亥から文が届いたのは、佳耀が後宮に入ってから二年後のことだったという。驚いて読んでいくと、とんでもないことが書かれていた。

翡翠、という、字が巧みであることを買われて後宮に入った者がいる。その者を亡き者にせよ、という内容だった。

その者は玄大《げんだい》皇帝に貶《おとし》められた我が一族の復興のために邪魔なのだと書かれていた。自分は今、とある場所に潜伏していて、一族の復興を目論《もくろ》んでいる。これが上手《うま》くいけばお前のことも後宮から出してやれる、と。

事情は詳しく分からなかったが、佳耀は秀亥のことを兄と慕い、ゆくゆくは一族の長となり、一族を繁栄へと導くだろう彼に期待を寄せていた。その彼がそう言っているのだ。一族の復興がどれだけ現実的なことなのかは分からなかったが、拒む理由はなかった。

それに、急に後宮にやって来て、妃嬪たちにちやほやされている翡翠のことを快く思っていなかったという事情もあった。後宮の中にあって、毒を盛られることなんて日常茶飯事である。他の誰かもやっていることを自分がやるだけだ、なんてことはないと考えて佳耀は翡翠に毒を盛った。

「……けれど、やはり他の誰かがやるのと自分がやるのとはずいぶん違ったわ。私が盛った毒のせいで翡翠は苦しみ、三日三晩生死の境を彷徨《さまよ》った。私はそのときに自分の罪の重さに気づき、せめてもの罪滅ぼしだと思って懸命に看病をした。そして回復した翡翠は、なにも知らずに私のことを命の恩人だと……。あんな目に遭わせたのは私なのに」

佳耀は言葉を詰まらせ、目元の涙を拭う。

「でも私には翡翠を殺せない、と東宜兄さんに告げることはできない。だから、私は翡翠は死んだと思わせることにしたの。翡翠が家族に宛てた文を代筆するふりをして、翡翠は不慮の事故で死んだと書いて送ったわ」

それから、翡翠は何度か佳耀に代筆を頼んだが、それは書いて出したふりをして全部処分してしまったとのことだった。

そして翡翠は佳耀に、もう後宮に入ったのだから故郷のことは忘れた方がいい、もうどうせ故郷には戻れないのだから、お互いに辛《つら》いだけよと言われ、その通りだと思い故郷に文を出さなくなった。

そして翡翠の家族は、翡翠が死んだものだと思い込み、旺柳にもそれを告げたのだ。そこで不慮の事故ではなく病死となったのは、翡翠の家族が旺柳を思いやってそう告げたのだろうと思える。

「東宜兄さんにも、翡翠は死んだと文を出したわ。どうして翡翠を殺す必要があったのかと尋ねたけれど、その件には答えてくれなかった。ただ、よくやった、我らの関係を疑われてはいけないから、もうお互いに文を出すのはやめよう、と。それで……私は東宜兄さんにただ利用されただけなのかしらと寂しく思ったの。きっともう二度と会うことはないような気がした……。けれど、東宜兄さんとはまた会うことになった。あの日、反乱軍が攻め入ってきたとき、後宮の門の前で」

あのとき翡翠は、黒い鎧の人物が秀亥だとはまるで気付かなかった。しかし佳耀には分かったのだろう。

「東宜兄さんに翡翠が生きていることを知られてしまった……。そう思うと同時に、私は翡翠を守らないといけないと思ったわ。翡翠は、もう私の大切な友人になっていた。一度は殺そうとした、だから、今度は守らないといけないって」

「佳耀……」

翡翠は佳耀の手に自分の手を重ねた。

そうして佳耀が庇ってくれたおかげで、翡翠はこの場にいることができている。

「お前が……」

秀亥が堪《たま》りかねたというように、鋭い声を上げた。

「お前がし損ねなければこんなことにはならなかった！　私の計画は完璧だったはずなのに、全てはお前のせいで狂ったのだ！」

秀亥は怒りにまかせて卓を叩《たた》く。

「この計画のために、私は自分の人生を捧《ささ》げた！　それをお前は台無しにした！　一族の復興などもう叶《かな》わぬ。他でもないお前のせいだ！」

獣のように吠《ほ》える秀亥に、佳耀は怯《おび》えた様子で身体《からだ》を震わせている。翡翠はそんな佳耀を庇うように肩を抱き寄せた。

「そんな身勝手な！　私、先生を見損ないました。佳耀は兄と慕うあなたのために毒を盛ったんです。佳耀は心優しい女性です、怖くて仕方がなかったはずです。それに……」

「それに、お前は再び佳耀を脅して毒を使わせたな？」

旺柳が鋭く声を上げる。

「後宮の宴《うたげ》で、佳耀に毒を盛らせたのはお前だろう。後宮内に不安の芽を植え、あわよくば翡翠を亡き者にしようと企《たくら》んだ」

そうなのだ、あの後宮内での宴で毒を盛ったのも佳耀だった。

後宮内での調査の結果、翡翠と共に宴の準備の様子を見に来る前に、佳耀だけが宴の場にやって来ていたとの証言を得られた。そのことで佳耀を疑う者は後宮にはいなかったが、旺柳は不審に思い、それについて佳耀に尋ねた。すると佳耀は、宴でのことも自分の仕業なのだと告白してくれた。

なぜ翡翠が生きているのかと秀亥に問い詰められ、また、翡翠を毒殺しようとしたことをバラすと脅されて、逆らうことができなかったのだという。

以前、佳耀の元に文が届いていたが、それは実は秀亥からだった。秀亥とはそれ以外にも、彼が皇城に来てから頻繁に文のやりとりをしていて、その中で指示をされて佳耀は宴で毒を盛った。しかし、実際に倒れている宮女を見てひとりも犠牲者は出したくないと思った。だから毒を飲んでしまった者を必死に救命したのだと告白された。

そして、思い起こせば佳耀は翡翠に、宴で出されているものには口をつけないようにと言っていた。主催者だから、というのがその理由だと語ったが、もしかして翡翠が万が一にでも毒入りの酒を口にしないようにと思ってのことだったのかもしれない。

「まさかそこまでお見通しだったとは。さすがは私が見込んだだけのことはある」

秀亥は自分の罪を告発されているはずなのに、旺柳に対してむしろ感心しているようだった。

「なぜそうまでして翡翠を亡き者にしようとする？　私にはその理由が分からない。翡翠にどんな恨みがあるというのだ？」

「恨み？　そのようなことではない。ただ、翡翠は邪魔なのだ、私が理想とする国を造るにあたって、今も昔も……」

「それは一体どういう……？」

「その事情は……私が存じ上げているかもしれません」

不意の声に驚き扉の方を見ると、そこには橘徳妃《きつとくひ》が立っていた。

髪を美しく結い上げて、碧石《へきぎょく》の簪《かんざし》を挿していた。草花の刺繍《ししゅう》が入った薄碧色《うすあおいろ》の襦裙《じゅくん》を着て、唇にはなまめかしいほどの紅を差している。

まさか橘徳妃が後宮から出てこんなところへ来るなんて、と驚く。どうやってここへ来たのかと疑問だったのだが、見ると、橘徳妃の背後に木蓮《もくれん》の姿が見えた。彼が連れて来てくれたのかもしれない。

「あなた様は似ているのです。かつての皇太子で、玄大皇帝の怒りを買って殺されてしまったその人に」

「え？　皇太子、ということは、玄大皇帝の子供ってことですよね？　まさか実の子供を手にかけたということですか……？」

翡翠は素っ頓狂な声を上げてしまった。親が子供を殺すなんてそんなことあるか、と思いかけたのだが、

「……いいえ、聞いたことがありました。玄大皇帝は気に入らないことがあると、それがたとえ親子間であっても容赦しない、と。後宮内でははっきりと言うことが憚《はばか》られたのか、ぼやかした言い方でしたが」

橘徳妃はゆったりと微笑《ほほえ》んで、佳燿の隣へと腰掛けた。

「全てお話ししようと決めてこちらへ参りました。先日来ていただいたときには、話す覚悟ができていませんでしたが……」

翡翠の暗殺未遂事件があった夜、旺柳がとある話を聞きに橘徳妃の元を訪ねたのだが、そのときにはほとんどなにも話をしてくれなかったと聞いた。

「話、だと？」

秀亥が眉根を寄せながら旺柳へと視線を向ける。

「そうだ、お前が過去に皇城でなにをしていたのか探っていくうちに、橘徳妃へたどり着いた。彼女がよく知る人物と、お前がかつて親しかったと聞いたのだ」

「私のかつての夫……皇太子であった沙柊《さしゅう》様とあなたはとても懇意にしていました。私は元は沙柊様の後宮に居たのです」

初めて聞く話に、翡翠は目を丸くする。橘徳妃にそのような事情があったとは知らず、

予想外だった。

「そ、そうだったのですか？　それが沙柊様を殺した玄大皇帝の後宮に入ったということなのでしょうか」

「ええ、そうね。本来ならば実家に帰らされるか寺に入るべきでしたが、そのような申し出があり、私はそれを受けることにしました。そのことは今はよいでしょう。ここに居る東宣……秀亥は沙柊様とはよい友人で、自分が皇帝になったときには秀亥はきっとその助けになってくれる、と沙柊様が語っていたのを聞いたことがあります。それが……」

「その夢は消えた。玄大皇帝のせいで」

秀亥が悔しさを滲《にじ》ませた声で言う。

「もうよい、あなたが出てきたということは全てが明らかになってしまうということだ。自分から話そう」

苦々しい表情で言い、観念したようにその詳細について語り始めた。

鳶《とび》が鷹《たか》を生んだ、と陰でささやかれるほど、沙柊は優秀な人物だった。自分の身分におごることなく、また玄大皇帝とは違い血筋をあまり重視せず、優秀な者はその生まれによらず、どんどん重臣に取り入れるべきだという考え方だった。秀亥はそれに同調し、また秀亥の父親も同じ考えだった。その思想が、沙柊と秀亥の父を脅かすことになった。

「玄大皇帝はとにかく、自分以外の者が褒められるのを快く思わない人だった」

「ええ！　分かります！　後宮でも、皇帝の前では決して別の者を褒めないようにと厳命されていました」

翡翠は大きく頷《うなず》く。なんて心が狭いのだ、それでも皇帝なのか、と翡翠は何度も心の中で毒づいた。翡翠自身は皇帝の前に出ることはなく、その姿を見かけたことすら数度という程度だったが、彼に仕えている者はさぞや大変な思いをしているだろうと同情した。

「鳶が鷹を生んだ、とささやかれている自分の息子のことも、以前から気に食わなかったのだろう。だから機会を探していたのだ、自分の息子を排除する機会を」

普通に考えれば、自分の跡継ぎが優秀ならば親としてこれほど嬉《うれ》しいことはないだろうと思うが、玄大皇帝はそうではなかった。自分の死んだ後のことなど知ったことか、という考えだったようにすら思える。

「沙柊が父である玄大皇帝に意見をした。皇帝のやりようを見かねてのことだ。真面目な彼としては我慢できなかったのだろう。それがいけなかった。自分のやり方に文句があるのか、子が父に逆らうとは何事か、一体誰の入れ知恵なのかと激昂《げきこう》した。そして、以前から私の父のことも快くは思っていなかったのだろう。沙柊の一派は反逆の恐れがある、と一方的に決めつけられて処刑された、私の父も」

秀亥はこちらが滅入《めい》ってしまうような大きなため息を吐き出した。

「そして我らの一族も罰を受けることになった。一族の者は皆、その身分を奪われ、更に私は……宮刑に処せられた」

苦しげな表情で吐露する秀亥に、翡翠は驚きを隠せない。

「え……先生、宦官《かんがん》になったということですか？」

翡翠の問いに秀亥は頷いた。

秀亥が宦官だったとはまるで気付かなかった。宦官となるとなにか特別な雰囲気を纏《まと》うものだと思っていたが、秀亥にはそれがまるでなかった。幼い頃に宦官とされると、女性的になると聞いたことがあったが、秀亥は充分大人になってから宦官とされたため、普通の男と変わりなく見えたのかもしれない。

「そうね、彼は美貌の宦官として後宮に入ってきたのよ」

橘徳妃が言う。

「妃嬪《ひひん》や宮女たちに大人気だったわ。彼が通るだけで女性たちの悲鳴が上がるくらい。あなたも噂《うわさ》で聞いたことはなかった？　かつてそのような宦官が居たって」

「確かに、そのようなことは聞いたことがありますが……」

翡翠は佳耀のことを見た。彼女からは、秀亥がかつて後宮に居たとは聞いていなかったのだ。佳耀はゆっくりと頷く。

「ええ、そうよ。東宜兄さんはかつて後宮に居たの」

「え？　でも、その宦官はすぐに玄大皇帝の怒りを買って、処刑されてしまったと聞いたけれど」

「玄大皇帝は自分を差し置いて人気者になった宦官に嫉妬して、偽りの罪をきせて処刑してしまったの」

「自分で宦官にしたのに……」

まるで駄々っ子のような玄大皇帝に呆《あき》れるばかりである。そんな人が皇帝だったなんて、世の中狂っているとしか思えない。

「ええ、東宜兄さんはそこで処刑されたはずだった。だから東宜兄さんが生きていて、私に文を書いてきたときには驚いたわ。死んだとみせかけて、実は生きていた……」

佳耀が言うと、それを受けるように橘徳妃が頷いた。

「その手引きをしたのは……実は私なのです」

橘徳妃は俯《うつむ》きながら、その事情を語り始めた。

「東宜が後宮に居た頃から、彼のことは気にしていました。直接声をかけるようなことはしませんでしたが、沙柊様が亡くなり失意の中にいた私にとって、彼は救いでした」

そのときのことを思い出したのか、橘徳妃は切なげに目を細めた。

「東宜が生きているのだから、私も生きよう、と。しかし、玄大皇帝に処刑されたと聞いて……。私は居ても立ってもいられず、せめて彼の亡骸《なきがら》を弔おうと遺体置き場へと向かいました。そこで見つけた彼は……かろうじてですがまだ生きていました」

そして出入りの業者に金を渡し、彼の治療を依頼して、回復した際には文と金を渡してくれるようにと頼んだ。文には、もう二度と皇城には近づかないように、生まれ変わったつもりで新しい人生を始めるようにと書いた、とのことだった。

「それなのに……東宜が反乱軍を率いて皇城に攻め入ってきたと、私の侍女から聞きました」

その侍女は東宜にかつて熱を上げていた者のひとりで、彼が後宮にやって来たときにすぐに気付いたのだという。彼は黒い鎧《よろい》を身に纏い、顔を隠していたが、偶然、顔を覆う兜《かぶと》が外れ、一瞬その顔を見たそうだ。当時とはずいぶんと面差しが変わっていたけれど、彼に間違いない、と。

「ですから私は責任を感じたのです……。私が彼を皇城外に逃がしたことは、反乱の種をまいてしまったようなものだと。そのせいで皇帝と皇后は殺され、後宮内で親しくしていた妃嬪が何人も殺されてしまった。幼かったその子供も……」

橘徳妃は顔を両手で覆った。すすり泣きのような声が漏れる。

「だから私は、大人しく後宮から去れないと思いました……。それは自分の罪を全て後宮において逃げるということ。それではあまりにも、命を取られてしまった人に対して申し訳ない……」

「そんなご事情があったとは。なにも知らずにあれこれ言って申し訳ありませんでした」

翡翠が詫《わ》びると、橘徳妃は首を僅かに横に振った。

「後宮はこの国になくてはならないものだと言いましたが、それは後付けの理由にすぎません。私は、私が助けた者のせいで失われたものを、そのままにはできなかった……」

「そんな事情があったとは、知らなかった。どうやら秀亥に似た者が後宮に落とされたらしい、という情報は摑《つか》んでいたが」

旺柳も秀亥の過去に衝撃を受けているようだった。

「だが、やはり分からない。その皇太子と私が似ているからと言って、なんなのだ？　その者の代わりに私を皇帝にしようとした？　そのために婚約者である翡翠を後宮へと連れて行くように仕向け、更にそこで殺すように仕向けて、私に皇帝や後宮への憎しみを植え付けた。普通そこまでやるか？」

「私には分かるわ」

翡翠が言うと、旺柳は驚いたような表情となった。

「秀亥先生ならばやりかねないわ。私に書の手ほどきをしていた頃から、私は集中力が欠けていて、物覚えが悪く、すぐに練習をサボろうとする。お前ほど不真面目な奴は見たことがない。何度教えても賽《さい》の河原で石積みをしているようにしか思えないことがある、と言っていたもの」

その当時のことを思い出すと、未《いま》だに苦い気持ちになる。そんな秀亥を見返してやるという気持ちで、書の鍛錬に励めたということもあるので、悪いことばかりではなかったのだが。

「それに比べて旺柳は素晴らしい！　頭の回転がよく、物覚えがよく、その上気遣いもできる。天が地上に遣わした、まさに神の子のごとき存在！　そんな素晴らしい人物とお前が結婚するなどと、考えるだけでも恐ろしい。この世にこれほどの悲劇があるかって、何度も何度も言っていたもの」

当時の秀亥の旺柳賞賛は、聞いていて大袈裟《おおげさ》すぎないか、と思えるほどだった。

「それは、少しでも旺柳の妻として相応《ふさわ》しくなりたい、せめて字を上手《うま》く書けるようになりたい、と望んだ私への叱咤《しった》激励かと思っていたけれど、違ったんだわ！　最初から、先生は旺柳のことしか見ていなかったのよ」

旺柳はきょとんとした顔つきとなって、秀亥へと視線を移した。秀亥はなにも言わない。

翡翠は更に続ける。

「旺柳って、その皇太子に似ていたんでしょう？　先生はその皇太子が皇帝となり、この国を治めることを夢見ていた。それが、玄大皇帝のせいで絶たれ、自分は宦官にされ、挙げ句の果てに処刑されて、命からがら皇城から出たものの行く当てはない、生きる目標もない。そうやって彷徨《さまよ》っていたときに旺柳のことを見つけたのよ。そして夢見たのよ、旺柳と共にこの国を治めていくことを。そこに居るのはふたりだけでいい、美しすぎる婚約者の存在は不要である、と！」

「いや、お前のことを美しすぎるだなんて一度も思ったことがない。むしろお前のような顔面では旺柳には不釣り合いだと思った」

秀亥はきっぱりと言い捨てた。

翡翠は沈痛な面持ちとなり、虚空を見つめたが、すぐに気を取り直して続ける。

「とっ、とにかく、私が旺柳の側《そば》にいたら、旺柳はいつまでも鳥と花と空を愛する、優しい少年のままだと思ったのでしょうね。私を後宮に追いやり、そしてそこで私を殺そうとした。それは旺柳に、後宮に対する憎しみを植え付けるためだったんだわ」

全ては秀亥の企《たくら》みだったのだ。

今までずっと秀亥の掌《てのひら》の上で踊らされていたように感じて悔しい。その恨みを込めるように、翡翠は更に続ける。

「優しい旺柳のことだわ、婚約者が皇帝に取り上げられた上に、殺されたとなったら、人生がひっくり返るような衝撃を受けたでしょうね。そして、先生は傷心の旺柳に付け込んで、皇帝を討ち、新しい世を作ろうと持ちかけた。最初はそんなことは不可能だと突っぱねた旺柳だけれど、長い時間をかけて先生は旺柳に教え込んでいったのよ、かつての自分の友人である、沙柊皇太子の理想とした世をふたりで作ろうと」

秀亥は黙って翡翠の話を聞いている。これはその通りだと肯定しているようなものだ。

「……そうなのか、秀亥？」

旺柳が聞くと、秀亥は少しなにかを考えるような仕草をした後に顔を上げた。

「ああ、おおよそお前の言う通りだ、翡翠。なんでお前は生きているのだ？　十年前に死んだはずなのに。お前を後宮の門前で見つけたときには腰が抜けそうになった」

秀亥は沈痛な面持ちで眉間を指でつまみ、首を左右に振った。

「まさに目の上のたんこぶ、斬って捨てようとしたが、し損なった。あのときに、なんとしても殺しておくべきだった」

よほどそれを悔いているのか、秀亥は陰鬱なため息を吐き出した。

「そして佳耀がお前を庇《かば》ったことで私は混乱してしまったのだ。なぜ佳耀がお前を庇う？　お前を殺せと命じたはずなのに。だが、今はそんなことは小事だと考えた。それよりも皇后を捕らえ、妃嬪たちを捕らえ、その子供たちを捕らえ、一族もろとも玄大皇帝を殺すことが最優先だと」

秀亥は馬鹿なことをした、と頭を振った。

「お前の言う通りだ。お前が側に居ては、旺柳は皇帝になろうなどと欠片《かけら》も考えなかっただろう。お前と同じように頭がお花畑のままで一生を終えるのだろうと思った」

なんだかとても馬鹿にされたような気がしたが、ここは黙って聞いておくことにした。

「この世を治めるべき素養がありながら、あんな僻地《へきち》に埋もれさせるわけにはいかない。

私がこの地にやって来たのは、皇帝となるべき者を皇城へと導くためなのだ、これは天からのお導きなのだと考えた。それを達成するためならばなんでもやる、とな」

「それで私を三回も殺そうとしたなんて酷《ひど》すぎる。私は先生の一番弟子なのに！」

「一番の劣等生の間違いだろう。お前の唯一の取り柄は字が上手いということだ。それを授けてやった私に感謝しつつこの世から去ればよかったのに」

「酷い、酷いですよ！　陽光皇帝！　この者、今すぐに処刑するべきじゃないですか？」

翡翠が言うと、旺柳は肩をすくめてそれに応じた。さすがは元婚約者である、半分は冗談で言っていることを分かっているのであろう。

「私は……」

そんな滑稽な空気を一掃するように、橘徳妃が声を上げる。

「私は、あなたにこの陰謀渦巻く皇城から離れて、静かなところで穏やかに暮らして欲しかっただけなのに。そのためにあなたを助けて、当面暮らせるだけのお金を渡した。あなたは言ったではないですか。沙柊様が死んだとき、私の魂も一緒に死にました、と」

「そうですね。しかし、よみがえったのです、私の魂は。他でもない、旺柳に出会ったときに」

そう言って、秀亥は立ち上がった。

「そして、旺柳を皇帝にするためにと私は一心に励んできた。邪魔者には一切の容赦はしないと決めたのだ！」

「そのために私を後宮送りに……。私の師として、少しは私のことも考えてくれるべきだったのでは？」

翡翠がしょんぼりと言うと、秀亥はそれを一笑に付した。

「お前のような、たまたま近所に住んでいて、たまたま親同士の身分が釣り合って、たまたま旺柳の婚約者となったような者に、近くをうろちょろされたら困ると思ったのだ。そしてそれはその通りだった」

知っていたが、本当に酷い人である。

翡翠がいたたまれない気持ちでいると、旺柳が慰めるように翡翠の肩に手をおいた。

「秀亥、私はお前のことを心底見損なった。自分の欲望のために、私の一番大切なものを奪った」

旺柳が冷め切った口調で言うと、秀亥は今までの勢いはどこへいったのか、がっくりと項垂《うなだ》れた。翡翠の言葉はまるで響かなかったのに、旺柳の言葉は強く響いたようだ。

「あなたを皇帝にするためには手段など選んでいられなかったのです。……しかし自分の役目は終わりました、あなたを皇帝にした。これから、私が理想とする世を作ってくれるでしょう。そしてその横に、こんな罪を重ねた宰相などいらないでしょう。ひと思いに処刑してください」

そう言って手を交差させて胸にあて、頭《こうべ》を垂れて跪《ひざまず》いた。どんな沙汰でも受けるというような姿勢である。

「なるほど、その覚悟はさすが秀亥だ」

「ええ、罪が露見してもなお、あなたの側に居られるとは思いません。あなたは清廉潔白なお方、周囲に居る者もそれに相応しい者でないといけません。私はもうあなたの側に居る資格を失いました。見苦しい真似《まね》はいたしますまい」

「覚悟はできているということだな？」

「ええ」

「ならば、秀亥は死罪に処す。私の婚約者を陥れ、三度も命を狙ったのだ。本来ならば三度殺しても飽き足らないほどだ」

「ええ……そうでしょうね」

秀亥は穏やかに言って頷《うなず》く。

全ての首謀者は露見し、その処遇も決まった。これで一件落着、という空気が流れたが、翡翠はそれに待ったをかける。

「いえいえ！　そんな、死罪だなんてやりすぎよ。私を三度殺したならともかく、私は生きているわけで……！」

「なにを言うんだ翡翠？　先ほどはさっさと処刑して欲しいと言っていたじゃないか」

「それは売り言葉に買い言葉で、つい言ってしまっただけよ、本気じゃないわ。確かに秀亥先生を許せない気持ちはあるし、私を軽く扱いすぎて腹立たしいという気持ちもあるけれど、秀亥先生には秀亥先生なりの事情があるって分かったもの」

ただ翡翠のことを嫌っているだけだと思っていたが、それだけではない複雑な理由があることが分かった。

「なにが悪いって、全て玄大皇帝が悪いのよ。そんな皇帝の世を終わらせてくれたのは秀亥先生だわ。その手段には許せないところもあるけれど、それは間違いないわ」

「……翡翠、やはりお前は頭が悪い。私が持った中で一番の劣等生だ。私はお前を殺そうとしたんだぞ？」

「分かっています。私は先生ではなく、旺柳のために言っているんです」

翡翠は旺柳へと視線を転じた。

「旺柳が、先生に言われたこととはいえ、玄大皇帝の世を良しとせず、自分が皇帝になって新しい世を作ろうと思った気持ちに間違いはないんでしょう？　そして目的を遂げた。問題はここからよ」

「……ここから？」

「玄大皇帝は罪を犯した者はその理由の如何《いかん》を問わずに処刑したわ。旺柳はどうするの？　確かに自分の婚約者を亡き者にしようとしたことは許せないだろうけれど、秀亥の尽力があったからこそ皇帝になれたことは間違いないわ。これからの世に秀亥は必要ないと思う？　自分の師である人を殺してしまって後悔しない？　死んでしまったら全てが終わりよ。取り返すことができない」

旺柳はなにも言わずに翡翠の瞳を覗《のぞ》き込んでいた。その面差しは、成長して凛々《りり》しさを増したとはいえ、芯のところは故郷にいた頃と変わらない。

「私はやっぱり、故郷にいたときのような鳥と花と空を愛する旺柳でいて欲しい。その心を捨てずに皇帝になって欲しいと思うの。そうも言ってられないこともちろんあると思うけれど、でも旺柳には旺柳らしい皇帝になって欲しいわ」

「俺、らしい……」

旺柳ははっとしたような顔つきになり、なにかを考え込むように虚空へと視線を移した。

秀亥に言われるがままに挙兵し、前皇帝を討伐し、皇帝となった。

しかし、もうこれからは秀亥は旺柳の側にはいられないだろう。ならば、皇帝として、自分なりの判断を示すときだと翡翠は言いたかった。それが旺柳に伝わっているだろうか。

すると突然、秀亥が大声で笑い出した。だからお前は駄目なのだ、そんな甘いことではいけない、と怒られると思っていたが、彼の口から出て来たのはそんな言葉ではなかった。

「ああ……本当は分かっていたのだ。そんな者だからこそ、旺柳がお前に惹《ひ》かれていると いうことは」

「え……？　先生？」

「自分の感情によらず、自分のことと他のことを分けて判断できる。そうだな、旺柳が皇帝となった今、お前のような者が旺柳の妻となって支えるべきなのかもしれないな」

秀亥は翡翠を愉快そうな表情で見つめながら、ゆっくりと立ち上がった。

「こちらから言うまでもありませんが、私は宰相の座から降りて、牢《ろう》に入ります。沙汰は追ってお知らせください。死罪であっても、私にはなんの異存もありません。あなた様がお作りになる世を見られないのは残念ですが」

「……そうだな、いくら当事者である翡翠が許すと言っても、このままにはできない。ただ、死罪は今のところ考えていない」

「私を生かしておくと、厄介なことになるかもしれませんぞ？」

「それはそのときだ。……おい、誰かいないか？　秀亥を連れて行け」

旺柳が扉の向こうへ呼びかけると、警備兵がふたり部屋の中へと入ってきて、秀亥を連れて行った。

その様子を見届けてから、佳耀が旺柳へと身体《からだ》を向けた。

「あの……私にもどうかご沙汰を。翡翠に毒を盛り、先の宴《うたげ》でも毒を……」

佳耀は弱々しい声で言って、唇をきゅっと噛《か》みしめた。

「いいえ、佳耀は先生にそそのかされただけよ。結局毒殺は失敗したし、私が無事に回復できたのは佳耀の献身的な看病があったからだわ。先生に殺されそうになったときにも、私を庇って自分が怪我《けが》をして。そんな佳耀に罰なんて与えたくないわ」

「翡翠……」

「それに佳耀がいないと困るわ。後宮始末官の補佐として、活躍してくれているもの」

「翡翠がそこまで言うのならば、不問に処すのもやぶさかではないけれど」

「ありがとう、旺柳！」

翡翠は思いっきり旺柳に抱きついた。

もしかしてふりほどかれるかと思っていたが、そんなことはなかったので安心した。旺柳は皇帝となったが、その中身は昔のままだ。ならば、昔のように接するのになんの問題があるだろうか。

「惨めなものですね……」

橘徳妃は秀亥が出て行った扉の方を見つめていた。

「あの人はずっと過去に執着して。沙柊様と夢見た国を、あなた様と一緒に作りたかったのでしょうね。あなた様を皇帝とするためにあらゆる手を尽くして、その結果、さまざまな人に累を及ぼした」

橘徳妃がゆっくりと首を横に振った。

「私も、いつまでも過去に執着していないで新しい人生を探した方がいいようね。いくら嘆いても、あの方は帰って来ないのだから」

そう語る橘徳妃は、かつての夫であった沙柊のことを思っているようだった。

＊

「私……実は故郷に思う人がいるんです。でも、もしかしたらその方は結婚しているかもしれない。故郷に彼の様子を見に行って、私との結婚が無理そうだったら、彼の幸せを願って、一旦後宮に戻って来るなんて可能なのでしょうか？」

「それはぜひ応援したいけれど……！　故郷に文を出して様子を聞くことはできないの？」

翡翠が聞くと、宮女は物憂げに瞳を伏せた。

「そうね、もし彼が結婚していたとしたら、私の思いは隠しておきたいのです。文を受け取った人が、変に気を回して私の思いを彼に告げるようなことがあるかもしれない、と思うと、自分で確かめに行った方がいいと考えました」

「なるほど、それはそうね」

翡翠は後宮始末官として、今日も白煉宮《はくれんきゅう》の白廊《はくろう》の間にて後宮人たちの面談をしていた。

秀亥の罪が露見してから七日が経《た》っていた。

外廷では急に宰相が不在となったことで混乱があるようだが、後宮始末官の仕事には変わりはなかった。

変わったことといえば、

「だったら早く発《た》った方がいいね。あんたが故郷でぐずぐずやっていたら、帰ってきたときにはもう後宮がなくなっていた、なんてことがあるかもしれない」

なぜかときどき夏嬪《かひ》がやって来て、視察だという名目で面談に同席するようになったことだ。視察、だと本人は主張するが、たまにこうやって口を挟んでくる。

夏嬪は佳耀の椅子に座っている。

佳耀は罪に問わない、ということになったが、秀亥と同じく、それでは自分の気が済まないということで自ら謹慎している。できれば早く戻って来てほしいと思うのだが、本人の心の整理がつくまで余計なことは言わずに待つことにしている。

「この後宮始末官は優秀だからねぇ、後宮はすぐにでもなくなってしまうかもしれないよ。あんたが戻ってくる頃には、私も最高に素晴らしい嫁ぎ先を見つけて、ここには居ないかもしれないしね」

翡翠が困ったような表情をして夏嬪へと視線を向けると、彼女は意味ありげに微笑《ほほえ》みながら扇を広げる。翡翠はため息を吐き出し、再び宮女の方を向く。

「そうね、私も早く行って確かめた方がいいと思うの。でも……そうね、故郷は遠いの？

故郷へ行く手段はある？」

それから、家族との関係や、もし急に帰って来た娘が後宮に戻るということになったら家族はどう思うのかといったようなことを聞いていった。その中で実は彼女の両親は他界していること、戻るとしたら兄の家で、兄とは仲がよいが兄嫁とは一度も会ったことがなく、邪魔にされてしまうかもしれないことを語った。だからこそ、故郷に戻るならばすぐに結婚して家を出たいという思いがあったようだ。

「いろいろとお話をして、具体的に考えられるようになりました。まずは兄に、帰ることだけを書いた文を出そうと思います」

宮女は立ち上がり、翡翠へ向けて深々と頭を垂れた。

「本当は後宮から出るのが少し怖かったけれど、私、思い切って故郷に行ってみることにします。もし彼のことが無理そうだったら、早めに見切りをつけて戻ってきます」

「そうだ、そうだ。できれば帰ってくるんじゃないよ」

「はい！」

夏嬪の言葉に元気よく頷いて、彼女は部屋から出て行った。

翡翠は自分が言いたいことを夏嬪に言われてしまい、少々残念な気持ちになったが、今の激励は夏嬪らしく好ましいものだった。

「故郷の思い人と結ばれるといいですよね」

翡翠が言うと、夏嬪はふん、と鼻を鳴らした。

「……まあ、そう上手《うま》くはいかないかもしれないけどね。現実を知れば、それからの身の振り方も考えられるようになるだろう」

さすが夏嬪である。そこまで考えて彼女を鼓舞するような発言をしたのだ。

難しいかもしれないけれど、上手くいけばいいなと願う。できればその経緯を知らせてくれればいいなと思いつつ、翡翠は帳面に彼女のことを書き記した。

「今日の面談はこれで終わりかい？」

「ええ、そうですね。実はひとりでは心細かったので、今日は夏嬪様が居てくださって助かりました」

翡翠の言葉に一瞬だけまんざらでもない、という表情をした夏嬪だったが、すぐにいつもの澄まし顔になった。

「そんなふうにあてにされたら困るよ。私は気まぐれで来ているだけだからね」

「はい、分かっていますよぉ」

翡翠が冗談めかして言うと、夏嬪は怪訝《けげん》そうに眉根を寄せたが不快、というふうではなかった。最初から考えれば、夏嬪とはずいぶん打ち解けてきたと思える。

「初めはやきもきしたけれど、あんたもずいぶんと後宮始末官が板に付いてきたようだね。ただ面談で話を聞くだけではなく、意味のある助言ができるようになってきた」

「ありがとうございます」

「夏嬪様にお世辞を言われるようになったということは、一人前になったということでしょうかね」

「お世辞だよ」

「あんたも言うようになったねぇ。ところで橘徳妃のことも聞いたよ。ようやく後宮から出て行く気になったそうじゃないか。あんたが熱心に説得したからだという噂《うわさ》だけど」

秀亥とのことに橘徳妃がかかわっているとは明かすことができなかったので、彼女が周囲に『あの後宮始末官には根負けした』と語っているようだった。

「ええ、これで橘徳妃はもちろん、橘徳妃の侍女たちもこれからのことを考えられるようになったようで、安堵《あんど》しています」

「涼しい顔をして、どんな手を使ったのか気になるねぇ。油断ならない」

「そうですよ、油断していると背中からばっさり斬りかかられますよ」

「おぉ、怖い怖い」

そんな和やかな雰囲気でいると扉を叩《たた》く音がして、稜諒《りょうりょう》がひょいっと顔を出した。

「今日の面談は終わったのか？」

稜諒が扉の前から声を掛けてくると、夏嬪はやれやれとばかりに立ち上がった。

「そうだよ。私はちょうど退散するところだよ」

「おお、夏嬪様もいらっしゃいましたか。相変わらずの美しさにこの稜諒、目が眩《くら》みそうです」

「あんたは相変わらず口が減らないね」

夏嬪は稜諒を軽く睨《にら》み付けてから、ひらひらと扇を振り、白廊の間を出て行った。

それを見届けてから、稜諒は肩をすくめた。

「……ずいぶんと仲良くやっているみたいだね。あの夏嬪を手なずけるなんてさすがだ」

「逆に私が手なずけられているような気もするわ。それで、わざわざこちらへ来るなんてなにか用事なの？」

「ああ、これを見てほしくてさ」

稜諒はそう言いつつ、手にしていた帳面を渡してきた。

稜諒が宦官《かんがん》たちに話を聞いて、今後の身の振り方について、希望を帳面に書いてきたから見てほしいとのことだった。翡翠に話しに行くのは気が引ける、という宦官が中にはいて、そんな者たちは稜諒に話をしに来ることがあるのだという。

「ありがとう、助かるわ」

翡翠は帳面をめくっていった。

そこには二十人ほどの名があり、今後の身の振り方について希望が書かれていた。可能であれば皇城内に留《とど》まりたいという希望がある他に、皇城の外に出て商人になりたいという者もいた。それを応援するためにはどうすればいいか、と翡翠はあれこれ考えを巡らす。

「ところで噂で聞いたんだけど、陽光皇帝の宰相は元宦官だって話だね」

「さすがに耳が早いわね」

「宦官には宦官の情報網があるのさ。宰相が元宦官だなんて、もっと応援すればよかったのかもしれないなあ」

「私は先生が元宦官だとはまるで気づかなかったわ」

その宰相とは自分の書の先生で、と事情を語った。

「故郷に居るときはそうかもしれないけれど、後宮に来てから実際に宦官と接するようになって、もしかして、とは思わなかったの？」

「いいえ、まるで」

「俺はなんとなく分かるけどなあ。それから、翡翠はともかく、ずっと一緒に居た旺柳も気づいていなかったって不思議だよね。彼、かなり鈍いのかもしれないね」

そう言って笑みを浮かべる稜諒を見て、皇帝に対してそんな気軽な、とは思うが、自分もそうなのでなにも言えない。

「でもさあ、宦官でも皇城の外で生きていける、宰相にもなれるっていうのはひとつの希望だよなあ。その秀亥って、別に元宦官だから宰相の座から降ろされたわけではないんだろ？　罪さえ犯さなかったら、元宦官だって露見してからも宰相でいられたのかな？」

「ええ、旺柳はそういうことは気にしないと思うわ。その身分や生まれにかかわらず、優秀な者は登用するというのが旺柳の考え方だから」

「そうなんだ。だったら、後宮以外の、皇城の他の場所へ行くのもいいな。書いてあると思うけど、そういう希望もあって」

そうして稜諒は宦官たちにどういう希望があるかを、帳面の内容を見ながら詳細に翡翠に伝えていった。中には、やはりどうしても故郷に帰りたいけれど、実家では受け入れてもらえないだろうと悩む者の声もあった。どうにかしてやれないかと思うが、なかなか難しいだろう。後宮始末官として、そんなひとりひとりにかかわれたらと願う。

「これでひと通り希望は伝えたかな？」

「ええ、ありがとう。こうして帳面に書いてきてくれて助かったわ。佳耀が不在だから」

「そうだよなー、佳耀が翡翠に毒を盛ったっていうのは驚いたな」

「しっ！　それは他には秘密って言ったでしょう？」

誰もいないはずの部屋なのに、翡翠は周囲を見回してしまう。

このことについては夏嬪にも誰にも明かしていない。

なぜ稜諒が知っているかといえば、彼には宴《うたげ》で毒を盛ったのは佳耀なのだろうと事実を言い当てられてしまったからだ。実は、宴の前に佳耀が不審な動きをしているのを見たのは稜諒で、それを旺柳に話したのだという。佳耀が一時後宮始末官の補佐を休むと聞いて、それで思い当たったらしい。それで仕方なく事情を話した。

「大丈夫だって、誰にも言わないから。でも女って怖いよね、そんな秘密を抱えていながら、ずっと翡翠と仲良くしていたんだろ？ 裏切られたとか思わないの？」

「逆に、なんで佳耀が私に対してあそこまでしてくれたのかって謎が解けた気持ちよ。後宮守《こうきゅうもり》の私を庇《かば》って自分が怪我《けが》をするなんて」

「ああ、確かに」

「それに佳耀とはこれからも変わらずに友人でいられると思うの。真実が分かったから、余計にね」

「呑気《のんき》だなあ。そんなことだから、三度も命を狙われるんじゃないか？」

「呑気ってなによ！ 私だって大変なんだからね」

腰に手を当て、わざとらしく唇を尖《とが》らせると稜諒はそうだろうねぇ、とのんびりと言う。

「そうか、大変なのか。だから腹も減るんだろうな」

「そりゃ、お腹《なか》は減るけど……どういう意味？」

「後宮始末官という立場を手に入れたのをいいことに、厨房《ちゅうぼう》の人達からたくさん食料を提供されて。後宮の食料庫は翡翠に食べ尽くされるんじゃないかって噂だよ」

「勝手にそんな噂作らないで。それに私から要求しているわけじゃないわ。私に信頼を寄せている人達から、あれも食べて、これも食べて、と好意でいただいているだけよ。断るのも申し訳ないから」

「後宮のみんなに言っておくよ。後宮始末官に賄賂を贈りたいならば食料がいいって」

「もうっ！　賄賂なんて受け取りません！」

翡翠が今にも摑《つか》みかからんというふうに言ったとき、不意に部屋の扉が開いた。

なにか、と肩をびくりと震わせて見ると、そこには旺柳の姿があった。

「……俺の人生は宦官に惑わされる運命なのか……。こんなふうにふたりきりで、楽しそうに話して……」

旺柳がなんでそんな怖い顔をしているか、まるで分からなかった。

「自分の右腕が宦官だって分からないほど鈍臭いのかと思ったけれど、そうでもないのか」

稜諒が言うと、旺柳は不快そうな表情でふたりの間に割り入ってきて、翡翠の手首を取った。

「ふたりきりで話があるんだ。今日は夕暮れがとてもきれいだよ。外に出て話そう」

「えっ、ええ……いいわよ。稜諒との話はもう終わったし」

稜諒の方を見ると、なんだかとてもおかしそうな顔をしつつ頷《うなず》いた。

「では行こうか」

旺柳は痛いほどに翡翠の手首を摑み、部屋から連れ出した。

旺柳と共に白煉宮の中庭へ来ると、池の中島にある東屋《あずまや》に向かいあって座った。

旺柳の言う通り、夕陽《ゆうひ》の橙《だいだい》が雲に映えてとても美しかった。穏やかな風が枝葉を揺らし、心地よい夕暮れであった。

「議会で秀亥のことを話した」

「ええ……」

そうして議会でどのようなことが話し合われたのかを、旺柳は仔細《しさい》に翡翠に語っていった。今まで旺柳と秀亥はふたりでひとりのような振る舞いをしていたため、秀亥の裏切りに驚き、そして不安がる声が上がったとのことだった。

「秀亥はしばらくは牢《ろう》に入れることになるけど、その後は決めていない。彼が居たからこそ玄大王朝を打倒できたことは間違いないし、その手腕を殺してしまうのは惜しい。なんとかできないか考えているところだ。新しい朝廷は、なにしろ人材不足だから」

旺柳は苦笑いを漏らす。

なににしても死罪が回避できてよかった。秀亥もなにかの形で政《まつりごと》にかかわりたいと願っているのではないだろうか。なにかよい形に持っていければいいと願う。

「後宮のことについて、後宮は廃止すべきである、後宮人は残らず処刑すべし、と声高に主張していたのは秀亥だったんだ。でもそれは、彼の私怨があったからだと分かった。だから、もう少しその処置を緩和しようということになったんだ」

「それって……どういうこと？」

　翡翠が尋ねると、旺柳は大きく頷いた。

「後宮は廃止すべきである、は残念ながら変わらない。後宮にはなにしろお金がかかる。前皇帝のせいで荒廃した国を建て直すには、とにかくお金が必要だ。ただ、無理に追い出す必要はないのではないかという話になった。後宮に居る者も、前皇帝の被害者だという一面もある。期限は設けず、しかし迅速に、後宮を明け渡しせよ、ということになった」

「本当に？　助かるわ！　一年という期限では、とてもとても行き場所を決めきれない人がいると思っていたから」

「ただし、今までのような贅沢《ぜいたく》はさせてあげられないから、そのことについては特に妃嬪《ひひん》には伝えて欲しい。最低限の衣食住は保証するけれど、それ以上は難しいかもしれない。今まで女官以上には禄《ろく》も与えていたが、それも難しいだろう」

「充分だわ……と言いたいところだけれど、妃嬪からは不満が上がるかもしれないわね。でも、なんとか説明するから大丈夫」

　そうして後宮の不満を抑えていくのも後宮始末官としての仕事だと思っていた。反発は買うだろうが、なんとか分かってもらうように説明しよう。

「ああ。それから、希望する者は後宮ではない、皇城のどこかで勤めるということも可能になった。皇城内で人手不足のところもあるんだ、そこに移動するという手もある。これはあくまでも双方の希望が合致したら、ということになるが」

「ええっ、それは特に助かるわ！　やはり皇城の外では生きていけないなんて人はいるから。宦官だと特に」

「……だろうね。あまり言いたくないけれど、稜諒と宦官長に特に頼まれたんだ。それを会議で話して、了承された」

「ありがとう！　やっぱり旺柳は頼りになるわ」

翡翠は旺柳の手を取った。

その途端に旺柳の顔が赤らんだような気がしたが、きっと夕陽を映しているためだろう。

「そうだ、私、ちゃんと旺柳に謝らないといけないわ」

「そ、そんな、謝られるようなことはなにも……」

「いいえ、きちんと謝罪させて。私、まさか旺柳が皇帝になったなんて信じられなくて、それで変な態度を取ってしまってごめんなさい」

翡翠は旺柳の手をぎゅっと握り、頭を下げた。

「それは、こちらこそごめん……。最初からちゃんと説明しておけばよかったんだ」

「私、旺柳が皇帝になってくれてよかったと思うの。旺柳だったらこの国を立派に治めていける……いいえ、旺柳しかいないと思うの。私は、そんな旺柳を助けていかなくてはならない」

「え……？」

そのとき、見つめ合うふたりの間に強い風が吹いてふたりの髪を揺らした。

一瞬、故郷にいた頃に戻ったのかと思った。ふたりの間には身分の壁もなく、遮るものはなにもない。旺柳の瞳はまるで少年の頃のように澄み切っていて、まっすぐに翡翠のことを見つめていた。

「じゃあ、俺を助けるために、支えるために、俺のつま……」

「私、皇帝の勅命を受けた後宮始末官としてこれからも一層励むことにします！　それが私ができる唯一のことだから」

「え？　ええー？」

翡翠は旺柳の手をほどいて立ち上がり、決意を表すように胸の前で拳を作った。

「だから、旺柳は後宮のことはなにも気にせず、皇帝としての仕事を頑張ってね！　今まで、私があまりにも頼りなくて、昔馴染《むかしなじ》みということもあって手伝ってくれたんだと思うけれど、私はもう大丈夫よ。後宮始末官として、後宮内での理解も得られるようになってきたし、佳耀もいてくれるし、夏嬪様も気にしてくれているし、あんまり手は借りたくないけれど稜諒もいるし！」

「いや！　それが心配なんじゃないか」

「そう？　あんなふうだけれど、意外と彼って頼りになるのよ？　後でとんでもないものを要求されそうで怖いけれど。後宮のことは、後宮の人たちで解決できるから大丈夫！」

「もちろん、翡翠のことを信頼しているから、それはいいんだけど。でも……」

「ああ、それから、もし妻《めと》を娶ることになったらちゃんと報告してよね！　元婚約者として……今は友人として応援するわ！　皇帝の妻なのだから、それなりの身分にあるしっかりとした女性じゃないといけないと思うけれど、きっと皇帝たる旺柳に相応《ふさわ》しい女性が見つかるわよ」

「う……うん……そうだね……」

「さあ、こうしてはいられないわ。今まで時間がないから対応しきれないと後回しにしていた案件にも、じっくりかかわっていけるものね！　忙しくなるわ。それじゃあね、旺柳」

そうして翡翠は振り返ることもなく、ずんずんと大股で歩いていってしまう。

残された旺柳はその背中を呆然《ぼうぜん》と見つめることしかできなかった。

彼の熱い思いが翡翠に伝わるまでには、まだしばしの時間が必要なようである。

富士見Ｌ文庫

華《か》那《な》国《こく》後宮《こうきゅう》後《あと》始《し》末《まつ》帖《ちょう》

黒崎《くろさき》 蒼《あお》

2024年1月15日　初版発行

発行者　山下直久
発　行　株式会社 KADOKAWA
〒102-8177　東京都千代田区富士見2-13-3
電話　0570-002-301（ナビダイヤル）

印刷所　株式会社暁印刷
製本所　本間製本株式会社
装丁者　西村弘美

定価はカバーに表示してあります。　◇◇◇

●お問い合わせ
https://www.kadokawa.co.jp/（「お問い合わせ」へお進みください）
※内容によっては、お答えできない場合があります。
※サポートは日本国内のみとさせていただきます。
※ Japanese text only

ISBN 978-4-04-075259-4 C0193